黑魔法手帖

Carnet de la magie noire

〔日〕涩泽龙彦 著

蕾克 译

广西师范大学出版社
·桂林·

HEIMOFA SHOUTIE
黑魔法手帖

黑魔術の手帖
Kuromajutsu No Techou
By Tatsuhiko Shibusawa
Copyright © 1983 Ryuko Shibusawa
All rights reserved.
First published in Japan in 1983 by KAWADE SHOBO SHINSHA Ltd. Publishers
Simplified Chinese translation rights arranged with KAWADE SHOBO SHINSHA Ltd. Publishers
through CREEK & RIVER Co., Ltd. and CREEK & RIVER SHANGHAI Co., Ltd.
著作权合同登记号桂图登字：20-2018-186 号

图书在版编目（CIP）数据

黑魔法手帖 /（日）涩泽龙彦著；蕾克译. —桂林：广西师范大学出版社，2020.7（2025.7 重印）
ISBN 978-7-5598-2893-4

Ⅰ.①黑… Ⅱ.①涩… ②蕾… Ⅲ.①随笔－作品集－日本－现代 Ⅳ.①I313.65

中国版本图书馆 CIP 数据核字（2020）第 094231 号

广西师范大学出版社出版发行
（广西桂林市五里店路 9 号　邮政编码：541004）
网址：http://www.bbtpress.com
出版人：黄轩庄
全国新华书店经销
北京盛通印刷股份有限公司印刷
（北京经济技术开发区经海三路 18 号　邮政编码：100176）
开本：787mm×1 092 mm　1/32
印张：7.5　字数：148 千字
2020 年 7 月第 1 版　2025 年 7 月第 12 次印刷
定价：54.00 元

如发现印装质量问题，影响阅读，请与出版社发行部门联系调换。

神的国度同时也是绝望的国度。

目 录

巫魔会幻景   87

古代纸牌之谜   69

夜行妖鬼篇   53

玫瑰十字的象征   37

卡巴拉宇宙   17

雅各布斯的猪   1

文库版后记	233
吉尔·德·莱斯男爵的肖像	183
蜡像的诅咒	169
荷姆克鲁斯的诞生	153
星位和预言	135
自然魔法种种	117
黑弥撒玄义	103

雅各布斯的猪

图一　约翰·迪伊（John Dee）和凯利的招魂术

自古以来，女妖术师、女巫（witch）数不胜数，却从未听说过有女魔法师和女方士（magus）。如果用埃利法斯·莱维（Éliphas Lévi）的定义区分妖术师和魔法师，那么"前者是受魔鬼驱使的奴隶；后者则是向魔鬼发号施令的"掌权者、精通宇宙神秘奥义的专家。魔法师为了追索宇宙奥秘，必须超越喜怒哀乐和凡人欲望，如此推理的话，平凡女性大概难以抵达如此高度的精神境界。音乐中的情况也大体相似：女演奏家人数众多，女作曲家却寥寥无几。在这种情况下，音乐就是恶魔的暗喻。

当然，自古以来传说的人物里，有几位足可以被称为女魔法师，但仔细调查后，又发现她们不完全符合准确定义。比如古代亚历山大里亚的女哲学家希帕蒂娅（Hypatia），虽被基督教徒当作异教徒虐杀，但她似乎并不是魔法师。巴比伦女王塞弥拉弥斯（Semiramis）虽然建造了古代世界七大奇迹之一的空中花园，极尽神秘，也不过是位沉溺奢侈享受的女王罢了。再说到示巴女王，她消失在传说里，无人知其性格。凯尔特德鲁伊教（Druid）的信女们可算是一种女巫吧。而在毕达哥拉斯教团之类的古代秘密结社组织里，没有任何一位女性。受到神秘启示的基督教圣女特雷莎（Teresa of Ávila）这样描述她的神魂超拔体验："我看到了黄金的长枪，枪尖上燃烧着火焰，长枪无数次贯穿了我的心脏，一直扎通到肺腑，枪被拔出时，我的脏腑也仿佛被一起拔出了身体，神的大爱之火包容了我的全身，那是强烈的痛苦，我忍不住呻吟，但却不想从中解脱。"按照女精神分析学家玛丽·波拿巴（Marie Bonaparte）的观点，这些征候与性高潮完全一样。简而言之，对女性来说，即使是圣女，超越自身肉体也都是困难之极的事，更别说到达魔法师所身处的那种，孤绝而非人的、被求知欲和权力欲附体折磨的绝对精神境界了。

那么男魔法师和方士又如何呢？他们在历史上数不胜数。但出人意料的是，他们中有很多人走向了悲惨的人生末路。我们来举几个著名的例子。

古罗马皇帝尤利安是个可以比作古代希特勒的人物，

他破坏了基督教文化，沉迷各种魔法方术，崇拜异教的太阳神密特拉（mitrás），最后在和波斯的争战中受伤死去。据说他在临终时，用手掌承接了自己身上涌出的鲜血，甩向天空，发出不甘心的嘶吼："加利利人啊，你们赢了！"虽说这位皇帝曾是一位卓越的新柏拉图派哲学家，同时其执念之深，也堪称可怕。

吉尔·德·莱斯（Gilles de Rais）是中世纪法国一个颇具实力的地方领主，他招募了一个名叫普雷拉蒂（François Prelati）的意大利魔法师，沉溺于黑弥撒，夺走了众多儿童的生命。直到最后在法庭受审时，他才流下悔悟的泪水。

最著名的炼金师尼古拉·弗拉梅尔（Nicolas Flamel）为人吝啬，魔法道中之人大多因为失败而导致人生破产，这人却成了富豪，放起了高利贷，堪称堕落的范例，可见魔法师里也有俗辈。

文艺复兴时期的大魔法哲学家阿格里帕（Heinrich Cornelius Agrippa）晚年陷入怀疑论中，写下了《论科学的虚荣》（*Of the Vanitie and Uncertaintie of Artes and Sciences*）一书，宣告了辛苦一生筑起的自我哲学的破产。与他同时代的天才医生帕拉塞尔苏斯（Paracelsus）在世界各地周游放浪，被贬低成吹牛说谎的同性恋，最终酗酒沉沦，在一场争吵之后倒毙路旁。

又有卡尔达诺（Gerolamo Cardano）和拉瓦特（Johann Caspar Lavater）死于不知缘由的自杀，18世纪的炼金师卡利奥斯特罗（Alessandro di Cagliostro）因政治事件而身陷囹圄，等等等等，不胜枚举。

如上所述，在命运前方等待魔法师们的，是暗淡凄惨的末路。尽管如此，他们还是怀抱着对知识和权力的痴梦，别无选择地踏上了与救济宗教的光明思想白魔法（magie blanche）相悖的道路，无可救药地沉迷在暗黑思想黑魔法（magie noire）里。话说回来，魔法的"黑"与"白"很难严格区分，想必他们都相信自己才是正确的，是"白"的一方。比如由和耶稣同时代的人物，提亚纳的阿波罗尼乌斯（Apollonius of Tyana）所施展出的奇迹，便黑白难辨。一般来说，被称为黑魔法的，是直接向地狱魔王路西法献上祷告，并召唤出各路恶魔的行径，这显然逆反了基督教教义，隶属黑的领域。

魔法大家拉蒙·卢尔（Ramon Llull）身兼诗人和炼金师，也是天主教殉教者，他出生于意大利热那亚，年轻时是出名的好色登徒子。一天，他在街上遇到一位名叫安布罗西娅的美人，一见钟情之下，对人家紧追不舍，频送恋歌情书，功夫不负有心人，终于迎来了美人的好意答复。待他兴冲冲地摸进美人的房间，只见美人二话没说伸手解开胸衣纽扣，向他亮出了一边乳房。那是一个癌变发黑的乳房，上有孔洞。

"你真的愿意为了这样一副惨不忍睹的身体奉献宝贵青春吗？"她问道。

这一问，似乎点醒了年轻的浪子什么是对神和学问的永恒之爱，他从此锐意奋进，成为大学者，最后在突尼斯宣教时死在了阿拉伯人投掷的石块之下。生前他夙愿殉教，可谓如愿以偿。

故事讲到这里，似乎带上了说教色彩，实在不好意思，但是在我看来，那位叫安布罗西娅的美人才是技高一筹的魔法师。为了让自己打心眼里讨厌的男人彻底死心，她或许在身体上做了巧妙的伪装，故意让他看到令人惊骇的病变景象。如果真是这样，她才是出人意料的大骗子，即使称不上魔法师，也堪称变戏法的高手。如此说来，男人若在情欲之下，即使是魔法师也难识破色相骗局。

英国伊丽莎白时代著名星相学家约翰·迪伊的生平最令人扼腕。他原本是一位虔敬的学者，在骗子炼金师爱德华·凯利（Edward Kelley）的唆使诱惑下，堕入魔道，迷上了诡异的灵媒招魂术（necromancie）。所谓"招魂术"，是一种从墓地里召唤死人的咒语仪式。19世纪初伦敦出版的某本古书里有这样的插图，两个男人并肩立于在地面勾画出的驱魔圈内，他们身前站着一个身穿白色殓衣的僵直死人。这两个学士打扮的人无疑是迪伊和凯利，凯利镇定自若地握着魔法书，迪伊博士举着松明火把，看上去一脸惊惧。(参见图一)

两人召唤出死人后，听从亡灵的指示，开始了换妻乱性的生活，魔术和性混乱一体双生。就连迪伊博士这种严肃学者，也在好色骗子凯利的花言巧语下昏了头，鬼迷心窍地开始了水晶球占卜（crystal gazing）和招魂术，最后不得不暂时逃离英国，滑稽而窘迫，令人怜惜。

雅各布斯的猪

自古流传的魔法书《红龙》(*Le Dragon Rouge*)里，详细描述了这种招魂术，在此介绍给大家仅作参考。记载中写到，首先，咒术师必须在圣诞节深夜十二点准时参加教会弥撒，在领圣体时，要低头暗声用拉丁语念咒："死者啊，立刻起来，到我身边！"之后离开教堂，走进墓地，对着最近的墓碑高唱"地狱的魔鬼啊，全宇宙将因你而陷入混乱，快抛弃你阴暗的栖息之所，渡过冥河，到此世来"。等待片刻后，再次祈愿"在我召唤死者之际，求你以诸王之王的名义显灵，赋予我所召唤者以自由"，然后捻取泥土，像播种一样扬撒开，低声咏唱："已死之人啊，从坟墓里清醒，从灰烬中站起身来！以全人类之父之名，回答我的召唤。"

接下来双膝跪倒，凝视东方天空，静止不动，直到"太阳门"敞开。"太阳门"究竟是什么不得而知，也许是星位用语。接下来，咒术师要手握两根事先准备好的胫骨，按在胸前，摆出圣安德烈十字 (St. Andrew's cross)，即 X 形的斜十字。再离开墓地，将胫骨抛到最近的教堂的屋顶上，朝向西方步行五千九百步后，躺倒下来，双手放到腿上，一边凝望空中之月，一边呼唤死者的名字："我在等待，快现身吧！"于是，亡灵就会现出身影。

送亡灵回坟墓时要先念咒："回去吧，回到那被选中者的国度！"再折返回起先的墓地，左手持刀，用刀尖在墓碑上铭刻十字，以此封印死者。魔法书最后写着注意事项："举行仪式时，需谨记所有细节必须一一实施，如有疏漏，你自己将沦陷于地狱恶魔之手。"看来，以轻率心态实施此法术是万万不可的。

《红龙》之外，其他广泛流传的魔法书还有《大阿尔伯特》(*Le Grant Albert*)、《小阿尔伯特》(*Le Petit Albert*)、《金字塔老人的宝藏》(*Le Trésor du Vieillard des Pyramides*)、《手册》(*Enchiridion Leonis Papae*)、《黑母鸡》(*La Poule Noire*)等等。其中很多是骗人花招，比如"从窗户偷窥女邻居的方法"、"让年轻姑娘裸身跳舞的秘诀"、"如何掀翻干草车"，等等。还有一些则记载着猥亵的春药秘方和咒语。从中世纪到17世纪，这些魔法书在欧洲农村流传甚广，让挣扎在贫困中的农村妇女和人性受到压抑的无知教士为之癫狂。众所周知，正是这些东西，后来引发了残酷的宗教审判和异端屠杀。

同时，其中也有正统魔法书，比如俗称《霍诺里乌斯誓言书》(*Liber Juratus Honorii*)的那本，传说是13世纪罗马教宗霍诺里乌斯三世在拜占庭原典《所罗门之钥》(*Clavicula Salomonis*)的基础上亲手补写而成的。身为教宗却染指魔法，实在令人震惊。当时天主教正统信仰尚未完全确立，异端邪说混杂其中，比如小栗虫太郎《黑死馆杀人事件》一书中提到的俗名"热贝尔"(Gerbert d'Aurillac)的西尔维斯特二世，身为教宗却试图亲手主宰魔鬼的领域，类似事例不胜枚举。但是，著有《高等魔法教义和仪式》(*Dogme et rituel de la haute magie*)的19世纪大学者埃利法斯·莱维认为，此书的编纂者并非霍

雅各布斯的猪　9

诺里乌斯三世，而是霍诺里乌斯二世，并且，此名所指之人，也不是真实存在的同名教宗，实际上是11世纪时隶属异端阿尔比派（Albigeois）的帕尔马主教卡达路斯（Petrus Cadalus）。此人觊觎罗马教廷高位而失败，被逐出教门后，在手下叛教僧侣和魔法术士的拥护下，僭用名号，后被称为"伪教宗"。难怪莱维认为此书呈现出一种恶的哲学，是来自东方的诺斯替主义（Gnosticism）教义。

于斯曼（Joris Karl Huysmans）的学生、著有《恶魔主义和魔法》（*Le Satanisme et la magie*）一书的朱尔·布瓦（Jules Bois）认为，塔罗牌的第五张卡牌"教皇"，描画的便是伪教宗卡达路斯的肖像。此画像线条虽然稚拙，如果细想一下，仍让人兴趣顿生。由此也能看出，神秘的塔罗牌与宗教异端以及卡巴拉思想的产生有着相当紧密的联系。

说到塔罗牌，第二张卡牌"女教皇"上，画着一个肤色黝黑满头细密卷发的女人。也许有人会惊讶，难道过去真的有过女性教皇？其实她是著名的传说中的人物，通称让娜，长久以来人们一直相信确有其人。她是一桩丑闻的主角，人们一直以为她是男的。让娜在宗教行进时，从法衣下诞落了一个婴儿。传说，自那时起，罗马教宗选举时多了一项规矩，候选人必须坐到一个带洞的椅子上，以待别人从下面伸手进去确认他是否具有男性性征。伪教宗也好，女教皇也罢，基督教史的内幕实在千奇百怪。

《霍诺里乌斯誓言书》的底本《所罗门之钥》，是一部被称为所有魔法书根基的经典著作，自古就有传说，以色列王所罗门是神秘学的创始人，此书遵循希伯来语的书写方法，用罗马字写成，在罗马时代就已风行，曾被皮埃特罗·德·阿巴诺（Pietro d'Abano）和阿格里帕等大魔法师秘密收藏。书中的驱魔符号圈里，既有简单的五芒星和三角形符号，又有复杂的形状，而所罗门的护符却是由两个三角形组成的六角形状。（参见图二）

图二　阿格里帕的魔法圈

召唤魔鬼的仪式大多复杂繁琐，在此介绍一个最简单的。《黑母鸡》里写到，首先魔鬼召唤者必须手拿一只从未下过蛋的黑色母鸡，走到双路交叉的十字路口，深夜时在十字路口将母鸡撕成两半，用拉丁语唱咒："造物主啊，群魔！来倾听我的召唤！"同时必须手持丝柏树枝，面向东方跪下。如果依此行事，据说魔鬼就会立刻现身。这个办法看来简单，感兴趣的人不妨一试。

其他魔法书中，有一些据说是16世纪大名鼎鼎的德国妖术师约翰·浮士德的作品。比如题为《地狱束缚》（*Höllenzwang*）的书，有过很多异本，其中一本是教宗亚历山大六世在位期间于罗马出版的。但浮士德博士堕入魔道时,这位教宗已经死了二十年,所以他不太可能是作者。还有的异本是1407年在德国帕绍印刷的,日期比浮士德的诞生早了一百年,更是错得离谱。《强大的海水之灵》(*Dr. Fausts großer und gewaltiger Meergeist*)也被认为是浮士德著作之一,这本魔法书1692年于阿姆斯特丹印刷,在霍尔贝克·贝克书店销售,是勉强可信的浮士德著作。

在此书的序文里,浮士德写了他与将梅菲斯特派遣来的魔王别西卜(Belzebut)所作的交易。浮士德首创了一种用金属穿孔做成的驱魔圈,工艺颇复杂,并且必须同时用锤击打金属,咏唱"赋予我对抗魔鬼的力量吧"。制作驱魔圈外围的三角形需要专门材料,必须用从绞刑台偷来的三条锁链和钉在受车裂之刑而死的罪人额头上的铁钉做成,咒术师站在这种驱魔圈里,虔敬咏唱祈祷词句,间或发出不知何意的拟音,最后用一句"如果你已弄到魔鬼的宝藏,要在感谢神灵之后,立刻离开此地去外国,犹豫拖延只会招来灾难"来结束仪式。面对这么庸俗的浮士德,歌德不知会多伤心。

魔法书《红龙》介绍了几个主要魔鬼的种类和相貌,搬过来给大家看一下。魔王路西法(Lucifer)是地狱皇帝,头长四只角,面目狰狞。别西卜是王族,侧脸像一只诡异的鸟。大公爵阿斯她录(Astarot)正伸出舌头嘲弄别人。路西弗吉(Lucifugé)是首相,活像美洲印第安人。大将军萨塔纳奇亚(Satanachia)分明是一只怪虫。阿迦利亚莱普特(Agaliarept)也是大将军,有一张被压瘪的脸。中将弗莱提（Fleurety）用一只马蹄作为象征。萨尔迦塔纳斯（Sargatanas）是旅团长，仿佛地狱里的蝴蝶。最后一位奈比罗斯（Nebiros）是少将，既像树叶，也像昆虫。看来，魔鬼位阶越往下，外形越千奇百怪，究竟是植物还是动物，不明正体。这些图据说是魔鬼在交易契约书上签名时用爪子勾出的花押，仿佛在证明，魔鬼也意外地有幽默感。（参见图三）

图三 魔鬼的种类。出自魔法书《红龙》

法国国家图书馆现存两张魔鬼契约书的原件，其中一张是由17世纪因卢丹（Loudun）魔鬼附体事件而遭火刑的修道女让娜（Jeanne des Anges）签下（上有魔鬼阿斯摩太［Asmodeus］的署名）。另一张的签约人是在同一事件里被火刑烧死的主教于尔班·格朗迪耶（Urbain Grandier）。魔鬼一方的签名来自海怪利维坦（Leviathan）等一众魔鬼。

再讲一个故事吧。从前有一个名叫雅各布斯·德尔松（Jacobus Derson）的忠厚修道士，他沉迷魔法，渴望和魔鬼签约，为此他断食三天，为魔法书熏香，在周五的夜晚，开始虔诚祈祷。一般来说，这种仪式要用蛇或者蛙类作供物，但他不知是不是弄错了，用了活猪。在他看来，为了降服魔鬼，充满异教色彩的爬虫类不如猪这种基督教徒的动物灵验，雅各布斯想把猪赶进火焰里，猪却嘶叫着开始围着驱魔圈逃窜。

"造物主，米迦勒！泰特龙！让恶魔从这头被诅咒的动物体内现身吧！"

雅各布斯一边念咒，一边展开驱魔法衣朝猪扔过去，他拼命高唱天使的名字，挥出致命一剑，把猪劈成了两半。魔鬼真的不紧不慢地现身了，与牺牲的猪门当户对，这个魔鬼是鬼中地位最低贱的痞子马尔德夏。

"我想和你签订三百年的契约，你要是同意，这猪就归你了。"

"哈？三百年？不觉得太长了吗？你还想活三百年，做梦吧你！"

"就算我死了，你还可以得到我后代子孙的灵魂，我要签一个子孙三代长期契约，不许挑刺，契约书我已经准备好了，赶紧过来签名！"

魔鬼很不情愿地画了押。根据后来雅各布斯所说，他被魔鬼骗了。待他细看刻着魔鬼爪印的契约书，才发现三后面只剩一个零，另一个零奇迹般地消失不见了，他和魔鬼签订的是三十年契约。此时他再捶胸顿足叫悔,也为时已晚。和魔鬼打交道,哪能放松丝毫警惕。这个听上去滑稽的魔法史轶事,人称"雅各布斯的猪"。

卡巴拉宇宙

图四 卡巴拉寓意画 出自罗伯特·弗拉德（Robert Fludd）的著作

翻开魔术和占星学书籍，必能看到"卡巴拉"的字眼，它究竟是何种被神圣而不可思议的原理包裹着的思想？它始现于哪个时代，创建者是谁，又有过怎样的隐秘发展过程？说起黑魔法，必然绕不开"卡巴拉"这个神秘的、蕴含着恶魔主义梦想的希伯来秘教，让我们从必须要掌握的基础知识开始说起吧。

先讲一个小插曲。

第二次世界大战期间，德国军队占领了希腊，毗邻希腊的叙利亚犹太人为此寝食难安，担心希特勒军队也会入侵自己的国家。在他们看来，同盟国军队的微弱军势不足

卡巴拉宇宙　19

以抵挡德军，绝境之下，束手无策的犹太人去拜访一群卡巴拉学者，请求解救。卡巴拉学者们彻夜冥思后，终于出现在坐立难安的人群面前，口气坚决地说："诸位可放宽心，危机已经解除了。"众人这才松了一口气。

这究竟是怎么回事？答案很简单：卡巴拉学者实施了一种叫作"更换"（Temurah）的文字转换秘仪，把单词"叙利亚"（Syrie）转换成了"俄罗斯"（Russie）。在希伯来语里，这两个单词的字母构成完全一样，只要改变一下顺序，"叙利亚"就变成了"俄罗斯"。令人惊讶的是，事实上希特勒军队确实停止了进军中东，而将矛头指向了苏维埃俄罗斯……

卡巴拉信徒们可以凭借语言和数字的魔力呼唤出精灵，实现令人难以置信的奇迹：熄灭熊熊燃烧的烈火，驱赶恶疾，将战火转移到偏远之地，这就是所谓的"技巧咒术"（Art magic）。不仅如此，据说其中还有些信徒参照卡巴拉最古老的圣典《创造之书》（*Sefer Yetzirah*），造出了诡异的人造人。

法国著名导演朱利安·杜维威尔（Julien Duvivier）拍过一部名为《魔像》的奇幻电影，影迷该有印象。这里的泥人魔像（Golem），在希伯来语中意为"尚未成型之物"。最初造出人造人魔像的，是16世纪中叶的卡巴拉大师——犹太拉比海乌姆的以利亚（Elijah of Chelm），他用黏土堆成人偶，在人偶额头上写下神的隐秘之名，为魔像注入了生命。杜维威尔电影里出现的卡巴拉学者，是一位时代更晚的布拉格犹太拉比，人称犹大·洛伊乌·本·比撒列（Judah Loew ben Bezalel），传说洛伊乌看到魔像日渐长大，心生恐惧，于是消去了其额头上的神名，把它重新变回了一滩泥。在电影里，魔像和反抗官员压迫的犹太民众一起暴动的场面非常精彩，值得一看。

看到这里，大家已经明白了吧，卡巴拉奇迹依托于文字的魔力。写在魔像额头上的神名，以及文字置换秘仪等都显示出了巨大效力。但是，撇开作为卡巴拉中实践一派的技巧咒术来看，"卡巴拉"在希伯来语中原本只意味"传统"，是一种纯粹理性的形而上学体系，是试图解读《旧约圣经》中的隐秘象征的一个秘教。

关于卡巴拉的历史起源，说法诸多。传说大天使拉结尔（Raziel）将卡巴拉原典授予亚当，亚当又将此书传给了以色列王所罗门，后来所罗门凭借原典，统治了地上世界和地狱。还有说法认为《创造之书》的作者是先知亚伯拉罕。无论依存哪种假设，比较妥帖的观点是，若向基督公元前的年代追寻卡巴拉起源，只能发现一片云蒙雾绕的神秘；卡巴拉两大原典之一的《创造之书》出自8世纪的拉比阿奇瓦（Rabbi Akiva）之手[①]；另一原典《光辉之书》（*Sepher ha-Zohar*）则是13世纪末西班牙某位高僧学士的作品。尤其是《光辉之书》，在中世纪和文艺复兴时期流传甚广，皮科·德拉·米兰多拉（Giovanni Pico della

---

① 原文如此，拉比阿奇瓦·本·约瑟（Akiva ben Yosef，约50—135）实为2世纪人。

卡巴拉宇宙

Mirandola)、罗伊希林（Johannes Reuchlin）、阿格里帕、纪尧姆·波斯特尔（Guillaume Postel）、罗伯特·弗拉德等大魔法师都深受其影响。

在基督教一般教义里，人们无法知道天地创造的真正意义，唯有一心赎罪以求拯救，但在卡巴拉主义的异端学说里，人类可以凭借知识（sophia）探求宇宙的秘密，能与神比肩，进行小规模的创造。这一点就是正统基督教和卡巴拉异端的决定性差异。古代末期亚历山大里亚的诺斯替派也否认亚当有原罪，他们相信人可以凭借知识达成某种实现（比如炼金术），从这一点来看，他们与卡巴拉派很相近。毕竟，他们的行为，是在试图盗取全能之神的奥秘，从而君临一个小宇宙（Mikrokosmos）。在一般基督教徒看来，这些人傲慢到近乎狂妄，完全是无可救药的魔鬼。

总而言之，卡巴拉派非常重视知识。知识就是力量。有种古代图绘很说明问题，一条象征神圣知识的蛇（衔尾蛇，Ouroboros）取代基督耶稣悬挂在十字架上。在早期的基督教异端里，甚至有拜蛇教（俄斐特派，Ophiani），此派教义视上帝为嫉妒心强烈的傲慢存在。上帝不仅创造了不完美的世界，还派了夏娃，诱发出人类的堕落。而伊甸园里的蛇不一样，蛇是知识的化身，教导人类去吃智慧树上的果实。神为了让人类永远蒙昧无知，一直禁止人去吃树上果实，却没有料到，女人背叛了神反而成了男人的同犯。在蛇的帮助下，人类获得了智慧，拥有了反抗邪恶之神的力量——这就是拜蛇教的基本教义。这种信仰一直延续，进入后来兴起的卡巴拉派的思想里。

这也可以解释为什么炼金师极其重视女性。女性是一种煽动者，是男性的同犯，是自然的象征。与其形成鲜明对比的是基督教，女性在基督教里被当作自然之恶，被漠视和排除。弗拉梅尔在著名的《沉默之书》中写到，进行炼金实验之前，炼金师要和妻子一起在灶前跪地祈祷，对炼金术来说，男性要素和女性要素的统一，即灵魂和精神的统一是必要条件。自拜蛇教始，这种宣扬女性崇拜的异端遭到了早期基督教的猛烈反击，从当时顽固的宗教宣传家保罗的《哥林多前书》中就可看到端倪。诸如"妇女在教会里应当缄口不语"，各种露骨的蔑视女性论在书中随处可见。

与基督教相反，男女二元论在卡巴拉教义里有极其重要的意义。卡巴拉教义的基础是叫作"生命树"（Sefirot）的数字哲学，认为世界由数字发展而来，仿照全能之神而被创造出来的人类亚当，就是人形的四字神名（Tetragrammaton）。四字神名，是希伯来语中表示唯一神耶和华的四个字母，他们认为原人亚当（Adam Kadmon）无疑就是神的肉体具象化。卡巴拉思想特有的亚当崇拜和性魔法（Magia Sexualis），也源于此。在此引用一段埃利法斯·莱维的见解：

"亚当是具有人类形体的神，希伯来文字中'Jod'暗示着男根的形状，如果在这一字后加上'Eve'三字，便能看到耶和华之名。昔日的大主教曾把耶和华念作'Jodcheva',由此,意义丰富的三字和一字结合在一起,这神圣四字,就成为所有数字、所有运动和所有形态的钥匙。创造的要素是理想的男根。被创造的要素是实际存在的女阴,垂直的男根与水平的女阴相交,形成了具有哲学意义的灵妙十字形。"(《高等魔法教义和仪式》)

说卡巴拉原理由数字发展而来的理由,大家已经从上面看出一二了吧。哲学意义的十字形,象征着四字神名。而性魔法,则是促成数字发展的所有动因。

19世纪美国魔法师帕斯卡尔·伦道夫(Paschal Beverly Randolph)博士著有一本《性魔法》(*Magia Sexualis*),此书更偏向介绍性交技巧咒语,没什么形而上学的参考价值,但书中有不少有意思的体位图,如果有机会我愿意介绍给大家。

同样,卡巴拉教义里的性魔法,可以扩展解释宇宙的发展进程。在此之前,我们首先要熟悉黄道十二宫符号。尽管这是占星学的领域,但因其与卡巴拉宇宙论有密切关系,所以在此做一个简单介绍。如下图所示,图中有十二宫和七星的符号,是一张宇宙发展的简图。(参见图五)

先来说明一下如何看图,首先,以天秤座的生殖轴为起点,沿着生的方向,即顺时针法向前进。

最初是宇宙的胎动期,是太阳的黄金时代。涡状星云一边旋转,一边渐渐凝缩,诞生出行星。起初,地球是太阳的一部分,最终分离独立,占据了火星和太阳之间的位

图五 十二宫图

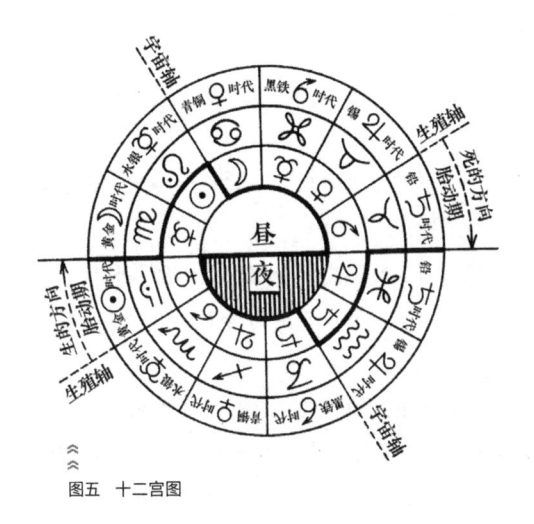

图六 行星和十二宫的符号

Planetes	Signes Zodiacaux	
☉ 太阳	♌ 狮子宫	
☽ 月		♋ 巨蟹宫
♄ 土星	♑ 摩羯宫	♒ 水瓶宫
♃ 木星	♐ 人马宫	♓ 双鱼宫
♂ 火星	♏ 天蝎宫	♈ 白羊宫
♀ 金星	♎ 天秤宫	♉ 金牛宫
☿ 水星	♍ 处女宫	♊ 双子宫

卡巴拉宇宙　25

置。此时金星和水星尚未出现。

接着是处女宫的时代。这也是黄金时代，月亮的影响尤其显著。这时的地球和太阳一样闪亮，对地球来说，这个时代是最初的白昼。

随后是狮子宫的水银时代。地球光辉衰减，发出青白色水银一样暗淡的光。

之后地球不断变冷，进入青铜时代、黑铁时代，月球作为地球之子诞生了。双子宫的符号显示了地球和月球的分离。

锡与铅的时代里，燃烧的金属开始升华和液化。地球渐渐迫近夜的时代、死的时代。就像太阳促成了地球诞生，此时土星（萨图尔努斯）在为地球准备死亡。但这里的死并非绝对意义的消亡，而是承接新生的假死。

在夜的时代里，地球开始了和白昼时代完全颠倒的进程，液体渐进变化成固体。双鱼宫符号象征暴雨，水瓶宫符号意味着海洋覆盖陆地，空气和水发生分离。波德莱尔的诗句"阴沉的天上，湿润的太阳"[1]，就像在描绘这个时代的风景。

随后而来的摩羯宫的时代，是大地震和大洪水的激烈变动期。大陆开始浮出海面，露出荒凉嶙峋的地表。把火与铁当作这个时代的符号，看来绝非偶然。

---

[1] 此处引自钱春绮译《邀游》。

其后的青铜时代，是金星维纳斯的时代，藉由水、土和空气的婚姻，动植物细胞终于开始萌生。当然，此时生命尚在海中，生殖神天上维纳斯（Venus Urania）还躲藏在贝壳里。人马宫的符号是箭矢，箭矢象征精灵的生殖活动，既是摧毁的力量，也是创生的力量。

转入天蝎宫的水银时代后，此宫的符号是可怕的剧毒节肢动物，就像海中蟹类开始爬到陆地上栖息。这时空气逐渐变得澄明，生命再也不愿意永远背负着沉重甲壳度日。

就这样，天秤宫的黄金时代——太阳的时代再次到来。天秤宫符号是平衡的象征。内部均衡的骨骼取代了外部沉重的甲壳，也就是说，脊椎动物诞生了。但太阳的工作还未完成，因为神之子人类尚未出现。此时是哺乳动物和人类之间的过渡期，人鱼、马人和半兽人等传说中的怪物四处横行。

由此，地球的创生结束了，接下来终于到了人类的生殖繁衍，即性魔法发挥作用的时候。就像地球从太阳中诞生而出一样，人类也是在温暖而丰饶的地球子宫里孕育生成的。

现在我们已经走完了一个完整的圆周，接下来，让我们沿着生的方向再走一次。

最先达到的是月亮的黄金时代，这是处女宫的符号。人类还没有性别，藉由处女生殖（单性生殖）获得生命。想必此时的人类双足之间还残留着处女性的尾巴，尚在四足

卡巴拉宇宙

图七 处女宫 无性的人类

图八 狮子宫 双性体

爬行。这是一个充满倦怠、尚不知快乐为何物的时期,是有史之前的和平时代。(参见图七)

然而,狮子宫的时代到来了,知识之神赫耳墨斯(水星)赋予人类性别,教会人类站立。这时,双性体(Androgynos)学会了弯曲自身柔软的脊骨,用原初的男性性器——嘴,去碰触自己下半身的女性性器,这就是快乐的发现。此时正是水银时代,人类忘我地沉浸在最初的快乐里。(参见图八)

把嘴看作人最初的生殖器之一,这种观点在古印度神话、摩西的《创世记》和玫瑰十字会的著作里都时常能看到。这种传统思想与另一个预想首尾呼应——当人类终于摆脱肉体束缚,无限接近神之国度时,从口中发出的语言的效力,将是一切创造的源泉。这意味着,能作为有创造力的人体器官一直保留到最后的,是嘴,因为正是从那里迸发出永不毁灭的语言。

我们都知道,人类的胎儿经历了动物进化所有阶段的形态,才以人类婴儿之姿来到世上,由此我们不妨浮想一下,降生之前胎儿的姿态,就是水银时代人类姿态的遗存。事实上,蜷缩在子宫里的婴儿形态,不正是一个水银时代人类用嘴去接近性器的追求快乐的姿势吗?

让我们回到话题正轨上,接下来是人类的青铜时代,维纳斯的时代。这位爱的女神,为人类沉浸在孤独的快乐里而感到悲伤,她让两个人结合在一起,使一方男性器官的嘴去接触另一方下半身的女性器官,用现代的说法就是69(soixante neuf)。人类习得了这个意想不到的新方法

后，开始互相狂热爱抚，人与人之间诞生出情爱和感谢之念。巨蟹座符号形象地描绘出了一对首次媾合的人。（参见图九）

进入战神玛尔斯的黑铁时代后，事情发生了变化。这位粗暴的争斗之神，并不满意充盈在人类伴侣间的温吞调和，他分离了两性，造出男和女，正如双子宫符号，他们试图通过肉体和精神的统一，而结为完整的一体。（参见图十）

如此说来，如果地上世界只有亚当和夏娃，说不定他们的结合会圆满顺利。但是男女人数并不均衡，且各有所好，不和的种子永难断绝。这是受墨丘利（水银）影响的时代，亚当吃了分晓善恶之树的果实而被逐出乐园——现在我们所在的时代，便是这个黑铁时代的延长，是因战争、嫉妒和贪欲而反目成仇的时代。

尽管如此，受木星支配的金牛宫锡时代终将来临。从此处眺望未来，难免要带上古典乌托邦故事的色彩。

战争的狂热渐渐平息，对立带来的紧张得以缓和，人类知性趋于成熟，被遗忘的诗篇重新复活了，肉体的性享乐变得思维化，善与恶的区别消失，人们渴望到达道德的彼岸。

金牛宫的符号象征着辩证法式的二元复合，双子宫时代的男女性别在这里被统一成唯一之性。（参见图十一）

金牛宫的角，仿佛伸向天空的天线。天线是捕获语言的触角——是人类的嘴变成唯一的生殖器官、言语变成唯

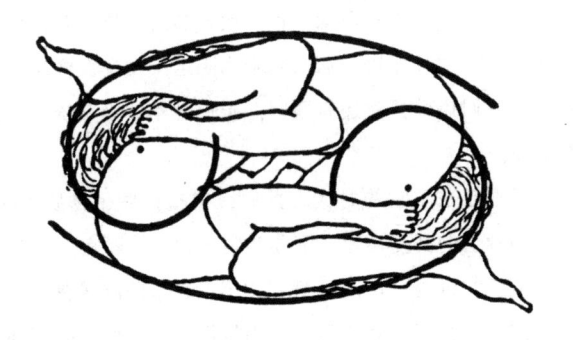

图九 巨蟹宫 两个双性体

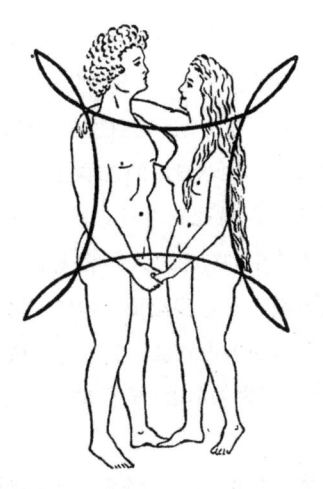

图十 双子宫 男和女

一的生殖活动的证据。人类再次成为双性体，舌与唇分担了男女性征，人不必再像水银时代时摆出不雅姿势。舌即阳物，充当男性器官，唇与咽喉为阴道，发挥女性器官的功用。这时肉欲虽然还有残留，但已升华成极其统一的自我之爱。

最后是白羊宫的时代。此时，欲望摆脱了物质支配，到达精神上的高度睿智。嘴作为唯一的创造器官，将实现言可成真的奇迹。由此，萨图尔努斯将帮助沉浸在平稳安乐中的人类实现最后的飞跃，引导沉积在物质中的精神飞升而出，获得解放。脱离物质后的精神将渐渐凝固，变得与天使相似，肉体这时虽然尚未完全消失，但不再是阻碍和桎梏。体上将生出双翼，灵魂得以自由飞翔。白羊宫的角即羽翼的象征。（参见图十二）

就这样，人类在最后阶段飞离大地，准备向更优秀的行星迁徙（可能是金星或水星）。不用说，在新的星球上，人类会经历新的体验，进入新的轮回往复。宇宙永世无限。

换一种角度来看，地球最后的白羊宫时代，也是人类将面临的最后的审判，是死灭之日。此时等待着人们的，是天堂和地狱。被选中的有幸之人，将飞抵其他行星，而除此之外的迷途灵魂，将再度沦陷于地球或更低一级的星球，重复悲惨而漫长的进化过程。看来，所谓天国，是相对地球来说更高次元（距太阳近）的行星，而地狱，则是低次元（距太阳远）之地。

以上虽是简述，仍可从中看出卡巴拉宇宙论和人类论

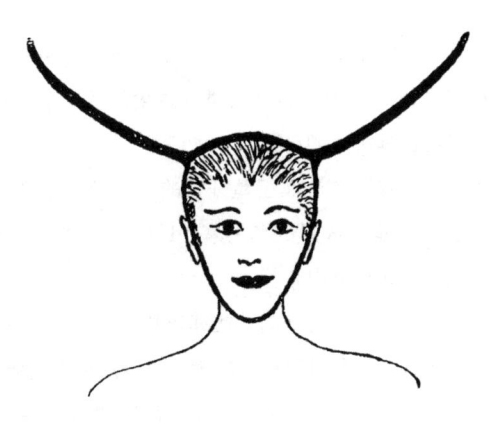

图十一　金牛宫 性的统一

图十二　白羊宫 性的精神化

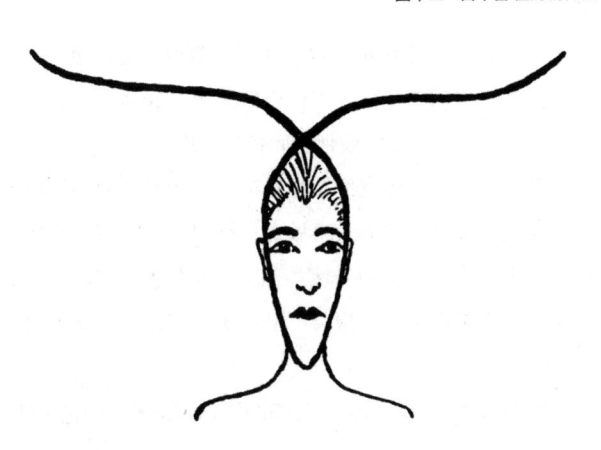

卡巴拉宇宙　33

多么宏大壮美。

但话说回来，人类究竟从哪里来，要到哪里去？根据卡巴拉宇宙论的暗示，也许人类要在太阳系一个又一个行星上，走过极其漫长的历史。

想必是从最外侧的冥王星开始的，按照海王星、天王星、土星、木星、火星的顺序攀登进化的台阶，现在终于抵达地球，渐次靠近中心。

不对，在冥王星的外侧，或许还有人类曾经栖息于斯、后被遗忘的天体，在沿着椭圆轨道毫无声息地孤寂转动。

而说到人的轮回，也许是从一粒矿物质开始的，经历无数植物和动物的阶段，现在终于走到了生而为人的台阶上。

不，矿物之下，还有阶段更低的无机物阶段，人类之上，也有更高的有机物形态存在，这些作为既定事实，早已写在永恒往复的宇宙历史之中……

类似观点，在譬如玫瑰十字会哲学和印度神话里也能看到，对于对追求合理实利已心生厌倦的20世纪现代人来说，不啻为一种如丝绸般艳美欣快的抚慰。

最近市面上流行廉价的科幻小说，我想，如果小说家把人类飞向其他天体的故事做进一步提升，不要一味炫耀科技、追求合理主义的表达，而把故事放入更深层宏大的人类史和哲学构架里，想必作品会更有深意，更让人回味无穷吧。

如果创建一个新制度，让每个奇幻作家效仿爱伦·坡，先去写下各自的宇宙论,一定很有意思。介绍卡巴拉宇宙论之余,仅作为蛇足添上这几句感想。

玫瑰十字的象征

图十三　玫瑰十字会的寓意画

　　16世纪中叶有一位举止古怪的医生，名叫帕拉塞尔苏斯，他在欧洲各地放浪形骸，同时撰写了大量医学、炼金术和占星学书籍。此君傲慢易怒，酗酒贪杯，恶闻不断，都说他嗜好男色，爱吹牛撒谎，是个大骗子。虽然诽谤缠身，他却与伊拉斯谟（Erasmus von Rotterdam）这样的大学者有着密切的书信往来，关于魔法和哲学方面的学识，更是无人可与其比肩，近代魔法方士们都尊他为伟大先驱。在他的著作中，有一本题为《二十四年后的预测》(*Prognosticatio ad Vigesimum Quartum Annum Duratura*)。这本配着奇妙插图的小册子，体裁类似当时

玫瑰十字的象征　39

流行的历法，但一般历法最多只能预测一年，而他这本书写到了二十四年后的遥远将来。

比如，其中一幅插图描绘了一个落入湖中的教士，被来自四面八方的长矛对准，教士可怜巴巴地正在哀声求饶。旁附文字说明："不可妄自肆意行事，否则等待在前方的，将是如此凄惨的命运……"

这本小册子1536年出版于德意志奥格斯堡，所谓二十四年后，便是1560年，那时宗教改革已席卷欧洲，天主教会僧侣的堕落行径成为四方批判的对象。这样一看，帕拉赛尔苏斯费解的寓意画也不觉变得意味深长起来。

不仅这一幅，不可思议的插图还有很多。

比如，有一幅画了两个石臼，一个石臼上缠绕着一条口含鞭子的蛇，蛇的旁边，从云中探出一只握着剑的手。埃利法斯·莱维认为，两个石臼代表国家的两股势力，缠蛇一方代表民众，另一方则是贵族。握剑之手正在引导代表民众之力的蛇去掀翻石臼。

毋庸多言，这幅图在暗示法国大革命。但攻占巴士底狱是1789年的事，"二十四年后"的说法似乎说不通。但如果试着把二十四乘以十，加在初版年1536之上，能得到1776这个数字，1776年法国大革命已勃发在即。用再版年1549相加的话，得出1789，则与大革命爆发的年份完全一致。

当然，这种解谜游戏，和著名预言者诺查丹玛斯（Michel Nostradamus）的《百诗集》（*Les Propheties*）一样，充满了解

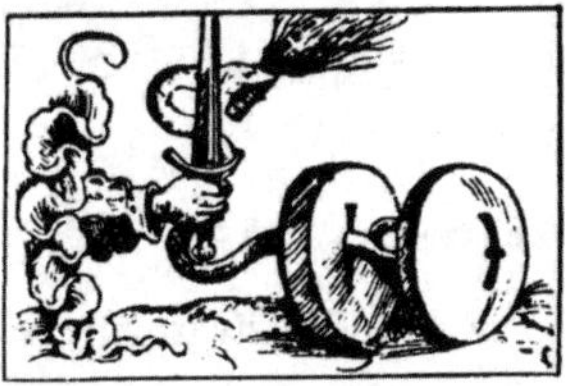

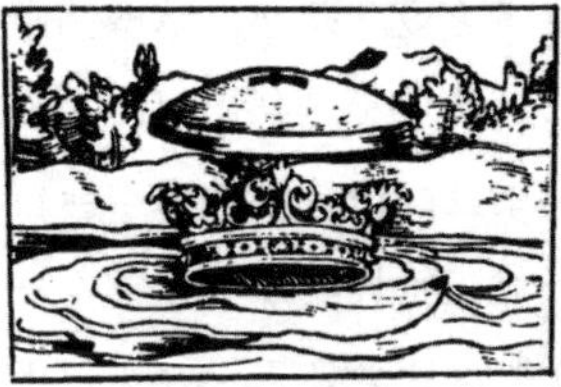

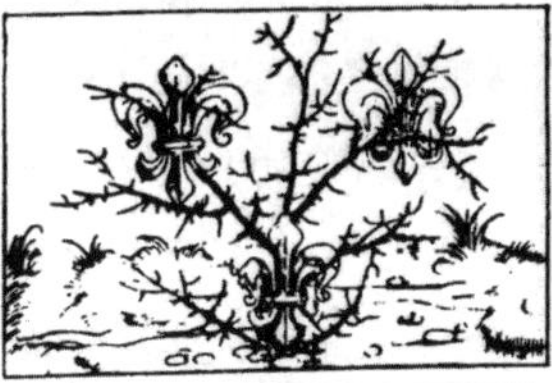

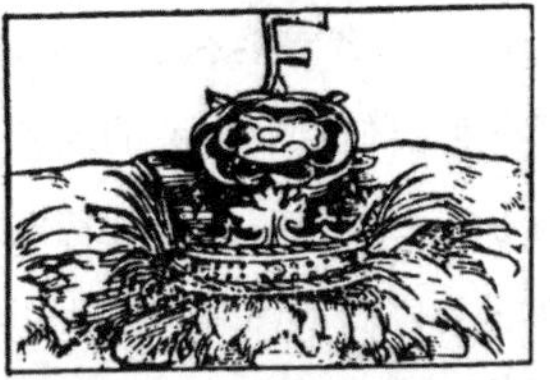

释余地。然而，对于罗马教廷和贵族政体来说，帕拉塞尔苏斯的预言毫无疑问意味着革命的到来。巨大石臼压垮了王冠、枯树上挂着法国皇家的百合纹章，这些插图，都可说在寓意民众的蜂起和王家的没落。

其中最应该留意的一幅画中，王冠上绽放着玫瑰花，上有大写字母 F。F 可能是"Fraternitas"的缩写，意味友爱、志同道合者之爱。想必，这幅画暗示的是玫瑰十字会——一个于 17 世纪初期公然出现、令整个欧洲为之不安的革命性的秘密结社组织。玫瑰十字会旨在给全世界带来变革，彻底刷新地上世界。所以，这个神秘结社梦想立于王权之上，也就很容易理解了。（参见图十五）

人们当然会从帕拉塞尔苏斯的画中得出种种臆测，有的学者甚至认为，帕拉塞尔苏斯本人，就是玫瑰十字团创建者之一。

实际上，玫瑰十字会的起源非常含糊暧昧。中世纪时，众多炼金师和卡巴拉学者需要在各地旅行进行知识交流，为此他们建立了一种类似行业公会的组织，来避开严苛的异端纠察和火刑等宗教弹压。这是纯粹的地下组织，在其宗旨里，技术知识与宗教政治思想密不可分。这种社团组织在当时欧洲各地不断涌现，比如否定现世、信奉禁欲主义的卡特里派（Cathari），崇拜怪异的雌雄同体神巴弗灭（Baphomet）的圣殿骑士团等。到 16 世纪时，还有魔法师阿格里帕创建的黄金十字会，炼金师斯特迪恩在纽伦堡创建的福音十字会等等。诞生于德意志的玫瑰十字会，是此类社团中的一个，可以视为福音十字会体系的继承者。

传说玫瑰十字会的创始人是德国贵族克里斯蒂安·罗森克罗伊茨（Christian Rosenkreutz）。关于这位神秘人物的生平，17世纪学者瓦伦蒂努斯·安德烈埃（Johannes Valentinus Andreae）的书中有详细记载。据说，罗森克罗伊茨生于1378年，死于1484年，活了一百多岁，令人惊讶。据说1604年人们发现了罗森克罗伊茨的坟墓，墓中尸体手拿羊皮纸圣典，在长明灯的照耀下，泛出苍白之色，还保持着完整体姿，丝毫没有腐烂。并且，墓的入口处铭刻着一句拉丁文："一百二十年后，吾名将重返于世。"

罗森克罗伊茨年轻时游历了土耳其和阿拉伯等地，学到了起源于东方的各种秘术，晚年他回到故乡德国，认为改变世界的时机尚未成熟，于是亲手建起修道院，开始隐居修道。据说他曾拥有哲人石。所谓"哲人石"，又名"贤者之石"、"点金石"，也叫"第五元素"，能将所有物质点化成黄金。最初他身边只有三位弟子，彼此之间情谊深厚，待到弟子增加到八人时，他写下了以下规则：

一、我等的主要活动是无偿行医治疗；

二、我等不可穿着特别服饰；

三、我等每年要在灵魂之家集会；

四、同志要各自挑选后继者；

五、罗森克罗伊茨的打头字母 RC 是我等纹章，是佩戴在胸前的标志；

六、一百年内，不可让世间知晓玫瑰十字会的存在。

就这样，玫瑰十字会一直保持着神秘，深藏于传说里，在中世纪和文艺复兴时期，隐秘地将影响扩展到全欧洲。如前所述，直到17世纪初期，他们才向社会公开自己的存在。一夜之间，巴黎街头贴满了署名为"玫瑰十字同志会"的传单，政府官员草率地认定这是德国间谍的阴谋，开始警戒监视，却没能抓到任何一个玫瑰十字会员。

玫瑰十字会之名风传之盛，连大学者笛卡尔都对其产生了兴趣，试图通过友人介绍加入十字会。但笛卡尔的热切愿望并未成真，他始终未能找到十字会的本部——灵魂之家究竟在哪里。

然而，在普通民众眼里，玫瑰十字会成员不过是一群可怕的魔法师或骗子。坊间传说，有人从十字会成员那儿得到的金币没多久就变成了铜板。还有人传言，十字会成员都带着鲜艳夺目的大蓝宝石戒指。有个船员坚称自己在英国附近的海岸边，看到了十字会成员骑着魔鬼横空而过。

还有这样一段传闻。1615年，有个医生在旅途上遇见一个清寒修道士打扮的人，两人入住同一间旅社，修道士佩戴着玫瑰十字胸章，能说流畅的古语和外国话，非常博学，为人无偿诊病，吃起树上青苔来也面不改色，能预知未来，据说高龄九十二岁，是罗森克罗伊茨的第三弟子，绝不在同一地点连宿两夜，如风而来，又飘然离去，踪影难觅。

》
》
图十五 玫瑰十字会的徽章

》
》
图十六 路德印章

玫瑰十字的象征

罗森克罗伊茨在德语里意为"玫瑰十字"，所以，会名取自创建者的姓名。但是，是否真有叫这个姓的贵族，还令人怀疑。与此相比，更核心的问题，是玫瑰十字的标志究竟意味着什么。除了前面说过的帕拉塞尔苏斯的预言之书，在其他比如弗拉梅尔的炼金术著作、法国古书《玫瑰传奇》（*Le Roman de la Rose*）以及马丁·路德的印章里，都能看到玫瑰十字标志。

简单概括地说，玫瑰十字是东方秘传知识（玫瑰）和基督教（十字）的结合。玫瑰原本是印度和波斯等地的花，是亚历山大里亚文化的象征，与中世纪欧洲的精神世界无缘。所以，这两个要素的结合，诞生出了奇异的文化混血儿，可以称之为基督教神秘主义。

另外，玫瑰的五片花瓣上，显示着以数字五为基本要义的炼金术原理。偶数二和奇数三，统一后成为五，此原则也与男女结合相通。玫瑰十字会最大的宣传家瓦伦蒂努斯·安德烈埃著有一本传记小说，名为《化学婚礼》（*Chymische Hochzeit Christiani Rosencreütz*），主人公便是罗森克罗伊茨。其中有个怪异片段，描写了国王（硫磺）和王后（水银）的性悦交欢，这段情节应用的也是炼金术原理。同样，后来共济会（**Freemasonry**）用直角尺和圆规作为象征，中间一个大写的G（寓意生殖），构成五芒星标志，也暗含了数字五。

为了在地上世界的爱欲和肉欲中探寻神秘奥义，炼金术式的探索被认为是一个至关重要的契机。这正是以数字五为基本的玫瑰花象征的意义所在。对了，还有哲人石，被称为"第五元素"。也许，在人们被禁欲和精神苦恼压垮的中世纪，在受虐狂盛行的时代里，如果还有人能公然进行希腊式的肉体赞美，能骄傲地提倡灵魂的高扬，那只能是被称为炼金师的这一小部分人。如果说玫瑰十字会具有某种革命性格，意义便在于此。

法国著名鬼神论者加布里埃尔·诺德（Gabriel Naudé）在《关于玫瑰十字会兄弟的历史真相》（*Instruction à la France sur la vérité de l'histoire des Frères de la Roze-Croix*，1623）一书中写道："他们自称可以粉碎罗马教宗的宝座，公言教宗是反基督，他们同时非难东方的权威（穆罕默德）和西方的权威（教宗）。"按照现代的话来说，那就是，他们同时否认美国式的民主和苏维埃式的社会主义，是一群托洛茨基式的纯粹极左分子。

共济会，这个被推定成立于8、9世纪的建筑行业公会组织，在17世纪开始重振昔日威风，那便是因为众多曾隶属玫瑰十字会的英国人加入了进来。比如天文学家威廉·利利（William Lilly），炼金术士伊莱亚斯·阿什莫尔（Elias Ashmole）。其他众多玫瑰十字会学者在1645年大举加入共济会，开始担当会中重要角色。这是因为，当时政府开始严密监视，他们只能躲在建筑业公会的幌子后面，才能举行集会和仪式。虽说共济会从建造了所罗门圣殿的建筑师希兰（Hiram）开始，其神秘气质从遥远的古代起一直连绵传承，但可以说，是玫瑰十字会的同道者，将其提升成了理论思想。

玫瑰十字会的思想与其说是政治性的，不如说是纯粹的魔法论。他们相信通过知识和行动，可以让全人类变得像手足般友爱。魔法也好，炼金术也罢，都是促成这种绝对和谐的力量和手段。

这种神秘的玫瑰十字传统，始于帕拉塞尔苏斯，在德意志巴洛克时代开花结果，也给19世纪德国浪漫主义幻想文学留下了巨大影响。诗人诺瓦利斯（Novalis）、作家海因里希·冯·克莱斯特（Heinrich von Kleist）、作家 E. T. A. 霍夫曼（Ernst Theodor Amadeus Hoffmann）等人所著的魔幻小说和恐怖小说，想必读者们一定熟悉。

黑格尔在《法哲学原理》的序言中，将理性称为"现在十字架中的玫瑰"，可见黑格尔辩证法与魔法有着密切关联。

17世纪通常被认为是崇尚启蒙追求理性的古典主义时代，同时却也是玫瑰十字会的传说在民间广为流传的时代，想来真是让人哭笑不得。在德国新教徒和天主教众的三十年战争期间，民间流传着很多关于"隐秘哲学家"的奇闻轶事。所谓隐秘哲学家，指的是身负秘传神技、浪迹诸国的炼金术士。这些也与玫瑰十字会有间接关系，下面举几个例子。

1666年12月27日清晨，一个陌生外国人前来拜访著名医生爱尔维修（Helvetius），此人身穿修道士风格的粗陋斗篷，外表虽然本分，表情举止却很傲慢，旁若无人。

他问爱尔维修，你相信世上有哲人石吗，看到医生摇头否认，便胸有成竹地拿出一个象牙小盒子，里面有三粒欧泊石一样的小东西。"这就是那著名的石头，这么一点分量，足够点化出二十吨黄金。"他得意扬扬地说。

医生半信半疑，说那能分给我一些吗，傲慢来客听到此话坚决地说："绝对不可以！就算你把全部身家拿来交换，我也要考虑……"

来客看到医生一脸狐疑，就把一个黄色东西啪地掰成两半，递给了医生半个。"这些分量足够你用了。我还会来的。"说罢，便拂袖而去。

等这人再次出现时，医生已用那半块欧泊石一样的东西，成功地把铅块炼成了玻璃。见此，那人不无惋惜地说："要是先在外面裹一层黄色蜡质就好了，那样，你就能得到真正的黄金，而不是现在的玻璃块了。"然后许诺说，次日上午九点钟，他将为医生演示一场真正的奇迹，之后便离开了，从此再没有出现。

但是医生遵照外国人的指示，重新做了实验，炼出了真正的黄金。用黄色蜡质包住那块小东西，投入重量为三打兰（drachma）①的熔化铅液里，瞬间，铅液变成了黄金。

医生把金子拿到金匠铺子寻求鉴定，真是货真价实的黄金，并卖出了一盎司五十弗罗林的好价钱。

哲学家斯宾诺莎听到传闻，不辞辛苦专程跑到金匠铺

---

① 1打兰等于1/16盎司，约合1.77克。

子求证。金铺商人名叫布莱希特,是奥兰治亲王的御用工匠,不可能说谎。再说,还有其他很多人证。于是,哲学家又转身去向医生家,医生给他看了试验用过的坩埚,坩埚内壁上还残留着黄金碎渣,熠熠生辉。这下,就连斯宾诺莎也感叹出声,不得不相信炼金术真的存在。

这是"隐秘哲学家"故事第一号,下面,来介绍一下第二号。

从前有个叫亚历山大·西顿(Alexander Seton)的苏格兰人,他本身是一个著名炼金术士,有一次,他在从苏黎世开往巴塞尔的船上,遇到一位同路乘客,自称弗莱堡大学教授,名叫沃尔夫冈·丁海姆(Wolfgang Dienheim)。

船旅途中,教授始终在喋喋不休地抨击炼金术;船即将抵岸时,西顿开口发出邀请:"事实胜于雄辩,我将呈上证据,那边那位先生,请你也一同来吧。"这位被邀请的第三人,是巴塞尔大学的医学教授、著有《德意志医学史》一书的茨温格(Jakob Zwinger)。

三个人去了附近的金箔作坊,一路上从贵金属店借了坩埚,买了铅和硫磺。等到了金箔作坊,就立刻点燃炉火,开始用坩埚加热铅和硫磺。十五分钟刚过,西顿说:"请将这个纸团投进坩埚熔液里,要小心投到正中间,勿让纸团着火烧掉。"

根据后来丁海姆的证言,纸团内似乎包着少许粉末。

之后又过了十五分钟,铅和硫磺开始咕嘟冒泡。待到炉火熄灭,一坩铅液已变成了黄金。"如何?"西顿笑着问,"事实确实胜于雄辩吧?"

然而,这位名叫西顿的炼金师下场非常悲惨,他因萨克森选侯克里斯蒂安二世(Kurfürsten von Sachsen Christian II)而被捕入狱,经历了严刑拷打。即使被铁棍插穿身体,被烧红的烙铁折磨,他始终不肯透露秘术真要,连拷问他的打手也拿他没办法。后来,同为炼金师的波兰人森齐沃伊(Michael Sendivogius)营救西顿出狱,而他获得自由后没多久便去世了。

据说,他在临死之际,把比命还珍贵的哲人石,传给了恩人森齐沃伊。

夜行妖鬼篇

图十七　约翰·威尔（Johann Weyer）的肖像

自古流传的自然哲学路线的魔法，经由阿格里帕和帕拉塞尔苏斯之手，被整理归纳成为一套出色的理论体系，变成了高等魔法（high magic）。在其理论里，宇宙中存在四大精灵，分别是大地精灵诺姆（Gnome），水精灵温蒂尼（Undine），风精灵希尔芙（Sylph），和火精灵沙拉曼德（Salamander）。这四种高贵的精灵种族之外，在低俗魔法（low magic）的世界里，还有势力强大的怨灵（Larvae）一族，他们诡异阴森，仿佛一群不祥的残次品。

"Larvae"，在生物学用语里，本来代表"幼虫"。然而在魔法用语里，意味着一种从灵魂体中流溢出的存在之萌芽，它们尚无实体，飘渺游荡，没有归宿。据说罪人被行刑时，污秽之血和精液流淌到泥土里就会滋生出怨灵。处女和妇人的秽血，男子自慰或梦遗时喷出的精液，也会诡异地像蒸汽一样升起，变成怨灵。

简而言之，那些被诅咒下地狱的灵魂，被虚耗掉的生命的种子，即使在生命体灭亡消失后，也仍然执拗地试图继续存在下去时，那些怨恨、执念和不甘心，便会化成怨灵，像诡谲黑影一样游荡在人群里。

所以，怨灵偏好聚积在重病患者、妄想者、孤独之人和被压抑的人的周围纠缠。圣安东尼（Saint Anthony）在沙漠禁欲修行时看到的群魔幻影，也许就是怨灵。扭曲的梦想、受挫的意志、无法填满的欲望、愤怒恚恨，这些都是滋生怨灵的绝佳温床。

同为灵的存在，水精灵温蒂妮和风精灵希尔芙体态明晰，爽快清新。而怨灵，则永远与以下形容词相称：卑贱、陋劣、淫靡、粘稠、疲软、抑郁、阴湿、沮丧、惨淡……正如朱尔·布瓦所说，怨灵是"永不成长的巨大胎儿的一声叹息"。

不仅是圣安东尼，那些中世纪的苦行僧和修道女们，在礼拜堂祷告时，在孤独的床上辗转难眠时，曾怎样被怨灵围困纠缠，史上留下过众多实例故事。若一一举例，时间会不够用，只能说就连桀骜不驯的帕拉塞尔苏斯，入睡时也把长剑置于手边，以防怨灵来袭。因为即使是方家术士，血肉之躯也必有弱点。"很多深夜，帕拉塞尔苏斯被噩梦惊醒，这时他会站起身来，手执长剑，胡乱砍向周围的黑暗，不久他就筋疲力尽了，满身汗水，待回过神来，就看见身边散落着怨灵的断头，以及绵软无骨的手足，阴森诡异的魔性之血洒满了房间。"（朱尔·布瓦的《恶魔学和魔术》）

还有一种酷似怨灵的低贱存在，那就是魅魔（淫梦女妖，Succubus）和梦魔（男性梦魔，Incubus）。著名鬼神论者德尔里奥（Martin Anton Delrio）、让·博丹（Jean Bodin）、圣托马斯（Thomas Aquinas）等人认为，梦魔是男性，与女人性交；魅魔是女性，挑逗睡梦中的男人的性欲，诱惑对方与她交媾。

15世纪科隆大主教雅各布·施普伦格（Jacob Sprenger）被认为是最早期的鬼神论者，他说自己曾多次目睹女巫和魔鬼重叠在一起，丑恶地扭动身体，在地上交欢。彼时，一股难以形容的恶臭腾空而起，女巫的丈夫妒火中烧，手执匕首扑向魔鬼，然而砍向魔鬼的每一刀，砍中的都是毫无实感的虚空。

施普伦格的《巫师之锤》(*Malleus Maleficarum*)，是受教宗英诺森八世嘱托而写，被当作女巫审判的法典，经过多次再版，在欧洲广为流传。他在书中写道："女人的肉欲比男人更强烈，自从我们的主从亚当胸前取下一根弯曲的肋骨，创造了女人的祖先夏娃以来，便一直如此。所以女人是不完整的动物，比起男人更容易陷入魔鬼的诱惑。"

关于人是否真的能和魔鬼交媾，天主教一方的主力

图十八 与怨灵搏斗的帕拉塞尔苏斯

图十九 魅魔和梦魇

们对此做了义正言辞的例证，比如圣奥古斯丁（Aurelius Augustinus）、圣托马斯、圣文德（Bonaventura）和教宗英诺森八世，以及其他众多教会学者。他们认为，人与魔鬼生出孩子也不是不可能的。但在这种情况下，梦魔先要盗取男性的梦遗精液作为己用，这样一来就产生了一个神学上的重大问题：婴儿的父亲究竟是与孩子生母同床共枕的魔鬼，还是梦遗精液的本主？关于这一点，圣托马斯明确地指出，孩子的真正父亲是遗精男子，并非梦魔，这显得意味深长。瓦拉迪埃（Valadier）曾担任玛丽·德·美第奇（Marie de Médicis）的告解神父，他认为，"撒旦可以先从沉睡中的男子处盗取妊娠所必需的原料，再通过夜晚的梦寐，将原料注入女性体内。其手段异常迅敏，无需破瓜，便能将原料送达女体深处。种子已在体内孕育成长，而处女自己却毫无察觉"。

对此，历史学家西尼斯特拉里（Ludovico Maria Sinistrari）有不同看法。他认为魅魔和梦魔并非对抗上帝的魔鬼，而是法乌努斯（Faunus）、潘神（Pan）和萨堤洛斯（Satyrus）等广为人知的异教半兽神。这些古代异教偶像一直是中世纪宗教试图抹杀的东西，他却将它们重新搬了出来，试图去提起潜意识中的性的问题，这个想法相当有意思。确实，中世纪妖术的流行，证明了古代偶像崇拜未曾断绝，一直深藏在民众的潜在意识里。

在魔鬼崇拜和古代东方秘仪宗教尚未呈现出本质性差异之前，教会组织并没有把它们当回事。但是进入中世纪后，可怕的撒旦明显具有了上帝对抗者的性格，并试图在地上世界扩展恶势力的地盘，这可是重大神学问题，教会当然不能再袖手旁观。当时，正逢黑死病攻破了一个又一个城市，疫病在全欧洲蔓延，这也被视为撒旦在作祟，世界在撒旦的淫威下陷入险境，教会权威也渐被侵蚀。

但是话说回来，中世纪的魔鬼崇拜，大多是些巫术和巫魔会（Sabbath）之类的低俗魔法，发生在乡下，信徒是农民和贫困阶层。当然在教会看来，教会的理想是用宗教秩序将富裕阶层和贫困者连接起来，在地上世界实现和谐的神之国度。然而，对在贫困生活里苦苦挣扎的老百姓来说，神的国度同时也是绝望的国度，他们不得不为僧侣和贵族的利益流尽血汗。当时农民生活之辛酸悲惨，是现代人无法想象的。

绝望之下，农奴们当然会逃避进梦里。他们大声呼喊，唤回消失在潜意识深处的古代神祇、被宗教驱赶走的妖魔和自然精灵。于是，出现了栖息在地下的诺姆，还有长着牛羊犄角的半兽神们。萨堤洛斯遍体长毛，股下有睾丸，生殖力极其旺盛，不用像基督教的魔鬼那样盗取他人精液，只要用自身的强力就能让农女怀孕。这果真是农民才有的想象，亦即一种否定了宗教魔鬼观念的自然恶魔崇拜。

也有学说认为，萨堤洛斯和法乌努斯等神话中的怪物，由人和动物交媾后所生，是一种人类社会与暗黑大自然之间的中介者。兽奸在古代以色列人那里是一种很普通的习惯。圣哲罗姆（Saint Jerome）在《耶利米书注解》中把法乌努斯叫作"拥有无花果者",不仅寓意了法乌努斯脸上长满丑陋肮脏的"无花果"(ficus,即疙瘩),同时,在阿拉伯和西班牙的俗语里,无花果暗指女性性器。圣哲罗姆以此暗示法乌努斯是以色列人欲望的对象。17世纪的鬼神论者瓜佐(Francesco Maria Guazzo)主张,梦魔有时会附体在母马身上。"如果母马驯服,听从魔鬼的指示,就会得到魔鬼的温柔爱抚,魔鬼还会把马鬃梳理成辫子。一旦母马不听魔鬼的话,魔鬼就会加痛于马,捅刺马身,甚至杀马。这种事几乎每天发生。"

近代医学出现之前,人们还认为流产是魔鬼作祟。在巫魔会上,女巫们在跳舞的间歇,会排出泛着硫磺臭气的黏糊糊的恶心肉块。

一本叫作《欧洲舞台》(*Theatrum Europaeum*)的书里记载着一个极其恐怖而悲惨的故事。波美拉尼亚有一个十岁少女,经受残酷拷问之后,主动交代自己和魔鬼生了两个孩子,现在腹中正怀着第三个,因此被烧死在火刑柱上。而法官留下证词,女孩子完全是处女。

神学书中介绍,若想驱逐梦魔,最好焚烧用胡椒、马兜铃根茎、石竹、生姜、肉桂、肉豆蔻、苏合香、安息香和沉香混合而成的香料。据说此配方对嗜好水汽的魔鬼有效。若要对付其他魔鬼,可用水莲、地钱苔藓、大戟、毒茄和天仙子草等。

到了19世纪,魔鬼现象不仅没有消失,反而变得更优美更讲究了。比如,一个叫吉拉尔·德·科丹贝格(Girard de

Caudemberg）的人在一本名为《属灵的世界》（*Le Monde spirituel*）的书中描述了他和处女玛利亚的奇妙交情。尽管这段轶事带着伪善的臭气，却值得留意。

科丹贝格沉迷降灵术，对附体术和自动书写有研究，他可以和死去的家人朋友对话。但他并不满足于仅仅对话，还想用嘴唇和手去接触对方。经过实验，他的梦想成真了，他得到了亲密爱抚和接吻的快乐。1854年11月，他在妹妹的见证下，开始了向圣母玛利亚提问的实验。咏唱过祈祷词后，他用手执笔，准备迎接自动书写。笔自己动起来了，在纸上流畅地写下玛利亚的名字，这意味着圣母之灵回应了他的提问。不仅如此，他手中的笔再次动起来，在署名后画下一个小小的十字架！

"这一时刻，奔涌而来的感激之情让我用嘴唇轻轻地碰触了十字架，"科丹贝格写道，"令人惊奇的是，我的嘴唇明显感知到了回赠之吻，这是错觉吗？这种事真的会发生吗？我试着又吻了一下，再一次感受到了爱抚的回赠。这下我的疑虑消失了，甜美的颤栗游走过我的全身全灵。入睡之前，在夜晚的沉默里，我回想起刚才发生的事，这时，那个目不可视、手不可及、耳不可闻的存在，仿佛正来到我的身边。那一瞬间，无上美妙的陶醉恍惚将我托起，我不由得叫出声，流下眼泪，在叫声和泪水里到达了难以言喻的幸福绝顶。这种感觉持续了三十分钟以上，如此强烈，远远超过我知道的所有感觉。

"有一天，我请求天上的女友与我对话，她通过笔回答我说，我们只被允许拥有快乐，不可说话。那一夜，她的回赠之吻忽然变得急切，令我心荡神驰，无法言喻的欢悦将我包容。神秘终于得以实现。天与地因爱而结合到了一起！

"无论这种逸乐多么恒久多么激越，也绝不会留下精神上和肉体上的疲劳感。参与灵魂欢会的身体器官始终静止不动，肉体并不会发生任何微小变化。"最后，科丹贝格先生如此结尾。这么强烈的官能享乐，身体却不发生变化，要做到这一点，必须经历禁欲与自律的修炼，其严苛程度，令人难以置信。我绝非在怀疑科丹贝格先生的良心，只是在想，大概他跟其他狂热信徒和神秘主义者一样，落入了自我欺骗的陷阱却浑然不知。

此外，1816年一位名叫玛丽-安朱（Marie-Ange）的十七岁少女实现的神秘更加惊人。据记载，她会用奇怪字体签署基督和玛利亚的名字，可以不停口地说出预言，房间里有看不见的仆人帮她穿脱衣物。最令人惊讶的，是和科丹贝格的经验类似，她与基督有过接吻。不仅如此，接吻时，有源源不断的糖液注入她的口中，又自她口中不断涌出，从她禽张的嘴角无止尽地滴落下来。惊呆了的人们用手指蘸着糖液放入口中试尝其味，据说滋味极其甘美。

偶尔，当和基督接吻到情热激烈时，这位年轻女子的口中会涌出美丽的糖珠。目击者写道："当热吻进行到能听到声音的程度，玛丽-安朱就变得心醉神迷起来，每一次亲吻，她的口中会结出一粒豌豆大小的糖珠，没多久，她

夜行妖鬼篇　63

的口中便盛满近百粒，糖珠从她口中迸射而出，散落在地。看着这些五颜六色的糖珠，我们的惊讶难以言表……"留下这份记录的，是一位住在法国小城贝兹的医生，素以诚实闻名。

就这样，对梦魔和魅魔的民间迷信，到了19世纪时已变得优美很多，披上了更加巧妙的伪善外衣，似乎已经失去了原本弥漫在民间迷信里的中世纪的晦暗、恐怖和淫靡。然而，于斯曼对此有不同的解释。他认为，在19世纪充当梦魅双魔的，并非魔鬼或灵体，更多的是被唤醒的死灵。

实际上，在18世纪中叶，一位叫作奥古斯丁·卡尔梅（Augustin Calmet）的本笃会教士写下一本卷轶浩繁的《幽灵概论》，其中写到了吸血鬼，从此，"死灵唤醒"的问题在基督教神学和恶魔学中浮现而出，成为一个备受瞩目的题材。

看过《德古拉》小说和电影的读者一定都知道，吸血鬼信仰在塞尔维亚、斯洛伐克、匈牙利等中欧诸国自古流传。吸血鬼可被看作是梦魔或魅魔的一支变种，在波兰叫作"Upior"，在希腊叫作"Vrykolakas"。德国神秘学专家约瑟夫·冯·格雷斯（Joseph von Görres）认为，塞尔维亚的吸血鬼最为残忍。

塞尔维亚的吸血鬼"Vampier"，每当深夜降临，便从坟墓中出来，扼住人的脖颈吸食鲜血。如果白天打开那座坟墓，能看到吸血鬼玫瑰色的唇边还挂着一缕鲜血。因被吸血而死去的人也会变成吸血鬼，所以这个以死亡为媒介的种族逐渐繁衍增加。这是一种被诅咒的死不透的生物，如果想彻底消灭一个吸血鬼，必须在其心脏上钉入楔子，斩落其头颅，焚烧其尸体。如果做得不彻底，整个城镇就会受到死亡的诅咒，连动物和家禽都无法幸免。

《幽灵概论》里有一章《流行性狂热病》，作者卡尔梅试图从科学角度解释吸血鬼现象。他认为墓地泥土中的化学成分能够永久保存尸体，土壤中的氮和硫磺通过热反应，将凝固的血液重新液化。至于吸血鬼临死前发出的凄厉尖叫，其实是火刑时的热压将其喉咙里残存的空气挤压出来了而已。他还认为，有时因强直性昏厥（Catalepsy）而被误埋葬的现象，即所谓的"过早埋葬"，也是解开吸血鬼之谜的钥匙。

无论怎样，根据于斯曼的看法，被魅魔或梦魔附体的人通常分为两类。一类人或是由于生来性情如此，或是命运使然，他们主动接受恶魔的影响。这类人将精力耗尽在肉体活动上，无论结局是身体衰竭，暴毙横死，还是自杀，都是在走向灭亡。另外一类，则受到了恶毒个人或组织的诅咒，是被下咒的人，是别人做局故意让魔鬼缠上他，修道院里的例子大多是这一类。在近代学者看来，这些人不过是某种色情狂罢了，与其进行驱魔，不如直接送精神病院。

无论是怨灵，还是梦魔和魅魔，都是在中世纪欧洲广为流传的概念。在不同时代和地域，它们还有别的名字，如希腊的"Ephialtēs"，德意志的"Alb"、"Marr"

等，都是同一种梦魔的别名。德意志不愧是妖法大本营，连梦魔都种类繁多，比如掐脖子鬼（Würger）、幽灵（Gespenst）、夜地精（Nachtkobold）、压身鬼（Auflieger）、缠身鬼（Quälgeist），等等。俄罗斯把梦魔称为"Kikimora"，北欧古语里则是"Mara"。法语里叫"Cauchemar"，即梦魔，词源是"魔鬼"和"压垮"两个词。

根据 B. 斯特恩（Bernhard Stern）《土耳其的医学、迷信和性生活》（*Medizin, Aberglaube und Geschlechtsleben in der Türkei*）里的记载，南斯拉夫南部有一种叫"维治赫蒂扎"（Wjeschtitza）的魅魔，它通常爬到熟睡中的男子的胸口，紧紧搂抱使对方窒息或者错乱。

16和17世纪时，很多医生想解开梦魔现象的真相，对其做出合理说明，但是他们的解释大多空洞无物，其中帕拉塞尔苏斯的见解显得格外闪亮。

帕拉塞尔苏斯认为，人拥有三个身体：眼睛能看到的、世俗存在的"物质的身体"；眼睛看不到的、以太状的"星辰的身体"；人内部显现出的圣灵构成的"灵的身体"。他明确地指出，梦魔现象来自人的想象力，是从人的星辰资质中诞生的。

"想象力是星辰身体的产物，是肉体交欢无法实现的。所以，这种没有对象的孤独的爱，会催生出一种气体状态的精液。强压女性的梦魔与挑逗男性的魅魔，便诞生自这种灵体精液。"（引自《不可见的疾病》）

简单概括这篇文章，便是手淫滋生出了梦魔和魅魔。

并且,文中强调说,双魔并不实际存在,只是想象力催生出的幻影而已。这在当时是极具水准的观点,近代的精神分析把梦魇现象看作一种歇斯底里性的幻觉,两者观点在道理上是一致的。人类自身的羸弱和丑陋催生出梦魇,它们的恶作剧又给予人类灵感,激发出卓越的想象力。比如戈雅、博斯、爱伦·坡、洛特雷阿蒙等人的奇妙作品。自慰式的艺术和魔鬼之间隐藏着幽深难测的联系,不过,这个话题留待后日再谈吧。

(顺带一提,"cubo"在拉丁语里意为睡觉,梦魇[Incubus]意为"睡在上面的人",魅魔[Succubus]是"睡在下面的人"。)

古代纸牌之谜

图二十　炼金术的寓意画 选自米夏埃尔·迈尔（Michael Maier）的著作

现在我的面前，并排放着七十八张奇妙的纸牌。牌上有图画，线条稚拙，配色艳辣，乍看似乎和普通纸牌类似，实际上大不一样。这是深受吉卜赛女人和魔法术士们珍重的神秘纸牌，自古以来直到20世纪的今天，已在世上流传了几千年，复制品遍布世界各地。据说，将纸牌玩得滚瓜烂熟的魔法大家，可用不同方式排列纸牌，为人占卜命运，指点过去，预言未来。

这种神秘纸牌，在法国叫作"tarot"（塔罗），德国叫"tarock"，意大利叫"tarocchi"。奇幻小说迷们一定知道，著名推理作家迪克森·卡尔（John Dickson Carr）有一部小说《宝剑八》(*The Eight of Swords*)，这部作品难称杰作，只是因为塔罗牌作为小道具贯穿了全书情节，使得故事增添了异样的神秘气氛，所以一提。在我所知的范围里，还有丹尼斯·惠特利(Dennis Yeats Wheatley)的《魔鬼出击》(*The Devil Rides Out*)，里面也出现了一个用塔罗牌占卜的阴森老妇。

我曾经见过一种在意大利很常见的塔罗牌，那是已故油画家内田严先生很珍重的一副牌，据说是外国水手送给他的。内田先生的千金路子小姐一边笑着把纸牌递给我，一边特意叮嘱："这可不能给你，只是借而已！"虽然我早已把纸牌还回去了，但现在想来，颇感后悔。

话归正题，根据众多学者的论证，塔罗牌的起源可以上溯至古代。18世纪的大学者库尔·德·热伯兰(Antoine Court de Gébelin)在《原始世界》(*Le Monde Primitif*)第八卷中提到，"如果人们知道，有一部古埃及书物逃脱了被破坏的命运，一直存留至今，那一定会争相想去了解这部令人惊讶的贵重作品吧"。他是第一个认为塔罗牌起源于古代的学者。虽然塔罗牌是互不连贯的几十张纸牌，但确实是一部古代书物。热伯兰认为，塔罗是一种象形文字，是世界上最古老的秘传之书，正因为它用谜题寓意画做表面伪装，才幸免于蛮族的破坏。

在热伯兰的时代，埃及学尚不如现在这么发达。当时若想了解古埃及文明，只能参照普鲁塔克(Plutarchus)、希罗多德(Herodotus)、杨布利柯(Iamblichus)等古代希腊和罗马作家的作品。所以，热伯兰的臆测相当大胆，他认为古埃及神话中的《托特之书》(*Book of Thoth*)，毫无疑问就是塔罗牌的起源。

这个卓绝观点强烈冲击了当时的学界，诱发了人们对古埃及的好奇心。托特是古埃及神话中的智慧之神，头颅形状酷似朱鹮，也是月亮之神、语言和文字的发明者、奥西里斯（Osiris）神的书记官。人们认为他还是黄道十二宫符号的发明者和炼金术的始祖。古希腊人将其等同为天之使者赫耳墨斯，称其为三重伟大的赫耳墨斯（**Hermes Trismegistus**）。就是说，古埃及神话中的托特和希腊神话的赫耳墨斯被混同在一起，诞生了炼金术始祖托特－赫耳墨斯的形象。由此，在后世人眼中，《托特之书》是这位传说中的人物留下的作品，是一本揭示**魔法奥义**之书。

但是，世上真的有过三重伟大的赫耳墨斯这个神话人物吗？在深谈这个话题之前，让我们漫步进广漠而渺茫的古代埃及世界，先来解说一下塔罗。

大约在公元前2900年时，埃及人在努比亚（Nubia）一带发现了金矿，有可信的证据表明，他们用震惊当时的先进技术，进行了贵金属的精炼。当然，这种精炼技术是僧侣和学者们殚精竭虑研究出的结果，被视为秘密，轻易不向外人透露。另一方面，现在已有证据，古代埃及的化学实验必然伴随着咒术仪式。把这些事实综合到一起，人们当然会在古代埃及文化里寻找炼金术和秘法之书的起源。

4世纪亚历山大里亚的佐西莫斯（Zosimus）说过："埃及

王国的所有财富都建立在这种金属挖掘术上，但此秘术是僧侣之间的秘密，外人不得而知。"就像在暗示秘术确实存在。

书写于亚历山大里亚时代，更准确地说，3世纪到4世纪的炼金术书籍，尚有保存的，几乎全部是后世的手抄本。其中很多令人怀疑真赝，比如著名的《克利奥帕特拉的炼金法》，只不过是10世纪时的抄本。但可信的证据也有很多，比如莱顿莎草纸（The Leyden Papyrus）和斯德哥尔摩莎草纸（Papyrus Graecus Holmiensis）等古代文书，是在底比斯的魔法师坟墓中发现的，年代可上溯到4世纪。还有前面引用过的佐西莫斯，以及奥林皮俄多洛斯（Olympiodorus）、辛涅西斯（Synesius）、斯特凡努斯（Stephanus）等众多亚历山大里亚学者都在理论书籍中留下了确切证据。这些文献能帮助我们穿过神秘云雾，窥看到些许古代的秘密。

根据这些记载，炼金术的祖师三重伟大的赫耳墨斯并不是希腊的神，而是希腊在埃及的殖民地（亚历山大里亚）信奉的一位神。

诞生于法老时代尼罗河畔的古老宗教，到了希腊文化占领埃及的时代，已经逐渐走向衰微，埃及的希腊人虽然将其奉为信仰，但同时也将其希腊化，为古老宗教添加了希腊式的象征。

亚历山大里亚这个殖民之地，曾杂居着各种民族。其中最知性最优雅的是希腊人，他们将埃及宗教和希腊哲学合为一体，试图从中推导出一种符合自身品味的、更精致纯粹的原理。当然，这其中还混合着源自犹太教的卡巴拉思想、东方诸民族的宗教、祆教、密特拉教等宗教。由此，希腊人将语言的发明者、魔法之神托特和赫耳墨斯视为一体，创造出了传说的神祇——托特-赫耳墨斯，即三重伟大的赫耳墨斯。传说他所著的书物多达数万册，虽然其中很多不足凭信，杨布利柯认为有两万册。

当然这些书物中，很多是后来几个世纪里有名或无名的炼金师和魔法哲学者假托其名写成的，是众手打造的佚名之作。之所以被后来的众多炼金术士信以为真，是因为书中充满了神秘难解的象征，像巨大的迷宫，其迷路之繁复，根本不是凡俗之辈能走通的。

三重伟大的赫耳墨斯现存于世的书物，仅有用希腊语写成的十四篇短章，以及由基督教神学者保存的几个片段而已。其中最著名的是15世纪意大利学者菲奇诺（Marsilio Ficino）翻译的《秘义集成》（*Corpus Hermeticum*），此篇也被叫作《牧人者》（*Poimandres*），部分片段与《约翰福音》酷似，并且，和柏拉图的《对话录》也很接近。

还有一篇《翠玉录》被神秘主义者奉为信条。这里的"翠玉"（Tabula Smaragdina），意指黑暗墓穴中赫耳墨斯的木乃伊手中紧握着的一块绿宝石板，宝石上铭刻着此篇文章。传说坟墓应位于吉萨大金字塔内部，只有赫耳墨斯的弟子们曾在几千年间，自由出入于这间地下礼拜堂，研习统御自然和众神之力的法门咒术。

《翠玉录》只有短短十二段，虽然简洁，却意蕴深厚，充满象征含义。例如"下如同上，上如同下，依此成全太一的奇迹"，成为后世炼金师们信奉的金句。还有，"太阳为父，月亮为母，从风而孕，大地哺育"，也象征了炼金术的原理。17世纪玫瑰十字会的成员米夏埃尔·迈尔在著述里留下了意味深长的相关寓意画。

现在，三重伟大的赫耳墨斯被认定为传说中的人物，并不真实存在。人们在吉萨的大金字塔内部仔细找过，一块绿宝石板也没找到。但令人惊讶的是，传说虽不中亦不远。1828年，在位于埃及底比斯的一位佚名魔法师的古墓中，发现了前面提到的莱顿莎草纸。纸书中有一部分便是年代最为古远的《翠玉录》抄本。莫非，这位佚名魔法师，就是三重伟大的赫耳墨斯本尊？

让我们把话题重新转回塔罗牌，如前所述，18世纪的学者热伯兰认为塔罗的发明者是托特－赫耳墨斯，这位神祇在传说里，不仅是文字之神魔法之神，还是司管绘画的神祇，擅长为众神描绘肖像。有一本书收集了他所画的神秘肖像，名为"A. Rosh"。"A"即教理，"Rosh"意为开始。从字面上很容易看出"A. Rosh"是"Taroch"的变体。据热伯兰解释，塔罗（Tarrog）一词的"Tar"意为"道"，"Rog"则是"王者"。所以，所谓塔罗，即"王道"之意。

虽然热伯兰的观点建立在含混微妙的假说之上，却成了点燃近代埃及学发展的导火索。1799年，拿破仑的远征军在埃及尼罗河口罗塞塔发现了黑色玄武石碑,为后世解读象形文字找到了钥匙。这就是著名的罗塞塔石碑,石碑上用象形文字、古代世俗体字(Demotic)和希腊文等三种文字铭刻了献给托勒密五世的颂词。考古学家商博良(Jean-François Champollion)对其做出了解读,至此,人们终于找到一丝光亮,照见了数千年间一直神秘不可解的古代埃及文明。

之后,很多学者继承了热伯兰的塔罗埃及起源说。比如以"伊特拉"(Etteilla)作为论文笔名的理发师阿利耶特(Jean-Baptiste Alliette),著名神秘主义者斯塔尼斯拉斯·德·古阿依塔(Stanislas de Guaita)的秘书奥斯瓦尔德·威尔特(Oswald Wirth),对卡巴拉思想有独特见解研究的著名的帕普斯(Papus),在《高等魔法教义和仪式》的最后章节里尝试用卡巴拉思想去解释塔罗牌的埃利法斯·莱维等等,其中不乏卓越人物。到了20世纪,伦塞勒夫人(Mrs. John King Van Rensselaer)于1911年出版的《预言、知识与游戏的纸牌》(*Prophetical, Educational, and Playing Cards*),为塔罗牌添加了新解释。

伦塞勒夫人认为,塔罗牌是从埃及、希腊、巴比伦王国等地共通的古老占卜术里派生而出的。埃及古老庙宇的四面墙壁上,描绘着奇妙的肖像,就像当代塔罗牌上的人像。在过去的占卜仪式里,祭司把几根卜签一样的细棍竖着放到祭坛上,细棍倒下来,指向墙上的画像,祭司以此来占卜过去和未来，聆听神的命令。

在宗教迫害的时代里，祭司们离开寺院踏上流亡之路，他们没有忘记把壁画做成纸牌形状，偷偷带在身上。祭司们离开埃及，经由著名的"小麦之路"，一直逃到意大利。小麦之路指的是当时连接埃及亚历山大里亚和意大利那不勒斯附近的拜亚（Baia）的一条重要通道。散落在东欧各地的吉卜赛族，也许就是这些逃亡者的子孙，他们族人里辈出塔罗牌高手，也就不足为奇了。伦塞勒夫人如此写道。

以上讲解了塔罗牌的悠久历史起源，接下来，来说一说牌面和用法。

七十八张纸牌里，从零开始到二十一，带着数字编号的牌一共二十二张（大阿卡那牌），这些纸牌上都有人像，所以也称为人物牌。人物牌上显示的是人类的欲望、恐惧、智慧、活力、善意和恶意等等，是整个世界的缩小微观。第十八张的月亮牌上用两只狗代替了人像，朝着月亮狂吠的狗，是对人的讽刺变形，寓意了对16世纪占星学家者的轻侮。所以这张也是人物牌。

如此看来，塔罗牌上的饰图和拜占庭寺院彩色玻璃上的圣画像（icon）有些相似。用人像表现宗教理念的相关研究，称为图像学（Iconography）。如果说拜占庭彩色玻璃圣画像表现的是宗教观念，描述了人与神圣之物的关系，那么塔罗牌则不一样。塔罗表现的，是现世观念，以及人与世俗之物的关联。

图二十一　塔罗牌之一

话虽这么说，但两者发挥的作用一样，圣画像和塔罗牌都是一种"记忆法"。

对中世纪人来说，他们通过几幅画的搭配组合，就能很轻易解读出要用数本书才能写完的复杂理念，即使不是大学问家，即使是无知文盲，也能很简单地读懂绘画。这就是令人赞叹的中世纪人的记忆法。比如魔法术士拉蒙·卢尔著有一本奇妙的书籍，名为《记忆之术》(*Ars*

Memoriae, 1470）[①]，他将《圣经》中的各种主题用图画表现出来，用鹰、公牛和狮子的形象，象征了圣约翰、圣路加和圣马可等福音书作者。这些画像上，还描绘着表现《圣经》场景的细密画。不用说，这些细密画里充满了各种象征和寓意表现，不识字的无知之人也能借助图像力量，看懂并铭记《圣经》里的内容。

图二十二 塔罗牌之二

[①] 历史上曾有数名作者以卢尔之名写作，此书出版之时，真正的卢尔已经去世百年有余。

在教育十分发达普及的现代来看，这种记忆法也许很像骗小孩的把戏，但当时只有少部分人通晓文字，因此图画记忆法的功效就不容忽视。塔罗牌的饰图上，有不同的颜色、姿态和附属物，由此可见，塔罗牌是建立在无数传统寓意象征之上的一大记忆术体系。

那么，这种记忆术究竟用来记忆什么？这些精心隐藏起来的象征究竟又意味着什么？我们的推理好像走进了死路。《记忆之术》讲的是《圣经》故事，谁看都会一目了然，但是塔罗牌呢？

至少有一点非常明确，那就是，塔罗并不表现一种单独固定的教义。塔罗饰图线条虽然简单刻板，但却在暗示着连续不断的运动。就是说，塔罗牌的目的，是试图把我们的精神诱导进一种灵动的运动中，唤醒不受任何束缚的精神，以及因为习俗和固定观念，平时沉眠在意识深处的魔法般的心灵之力。

所以，世上没有能完全解开塔罗牌奥秘的钥匙，也就不足为奇了。说到牌面解释，使用塔罗的人，用自己的心灵感应对牌面做出解释就好。这样说看似轻率不负责任，但魔法这种东西，无论哪种技巧咒术，都无法用固定的理论规则作出绝对合理的解释，关键要看是谁在施术。而且，法术过程中没有解释清楚的那部分，往往是术士之间流转传承的最根本的秘密。

由此说来，塔罗和占星学虽然都在占卜人的性格，预言未来，但是和占星学完全不同的是，塔罗不以科学为依

图二十三 塔罗牌之三

据。在塔罗牌占卜者看来,未来根本不是能用数学公式解释得清的东西。占星学者试图通过计算和抽象思考去寻找宇宙秩序,就好似狗冲着月亮狂吠,用尽力气,只换来一场徒劳。我们刚才提到的第十八张牌,就是在讽刺占星学者们的妄想。

简言之,塔罗占卜是一种存在于市井凡俗中的学问,建立在民众信仰基础之上。也就是说,在炼金师和占星学者为了实现孤高梦想和寻找更完美的技术手段而耗尽心血的时候,塔罗牌术士们已经成为民众的知心人,为小民占卜预言现实生活的幸运和不幸，和市井百姓打成了一片。

七十八张里剩下的五十六张牌，叫作"小阿卡那牌"，就和普通扑克牌一样，用花色分成权杖、宝剑、星币和圣杯四组，每组各有一到十号牌，四张王牌，分别是国王、王后、骑士和随从。这些不同的花色，代表着中世纪的社会各阶层。权杖属于百姓，宝剑给贵族，星币是商人的，圣杯代表宗教僧侣。几乎可以说，近代扑克牌就是小阿卡那牌的变形。

另一方面，二十二张大阿卡那牌是独立的一组，各自有名称和代表意义。

一　魔术师——提问者、神、权威、引路人

二　女教皇——知识、神秘、冥想、和平

三　女皇——决断力、行动、爱、家庭

四　皇帝——意志、天理、理性、支配

五　教皇——灵感、指导、司祭、辩护者

六　恋人——激情、自由、结合、一致

七　战车——胜利、知性、独立

八　正义——正义、责任、公平[1]

九　隐者——智慧、慎重、奥秘

十　命运之轮——命运、时间、恩宠、幸运

十一　力量——力量、工作、勇气、忍耐

---

[1] 作者所述系17、18世纪风靡法国的马赛塔罗。

古代纸牌之谜

十二 倒吊人——牺牲、考验、规律、服从

十三 死神——死亡、再生、永续、人性

十四 节制——节约、中立、纯洁、平静

十五 恶魔——疾病、暴力、冲动、粗暴

十六 高塔——败落、失望、惩罚、屈辱

十七 星星——希望、天体感应、雄辩

十八 月亮——危险、敌人、背叛、伪友

十九 太阳——结婚、幸福、发现、天启

二十 审判——炼金术、变化、醒悟、惊异

二一 世界——成功、和谐、满足、完整

零 愚者——疯魔、灵感、信赖、狂热

此外,每一张小阿卡那牌也有相当具体的意指,一一解说实在繁琐,省略为好。

下面,我们只拿大阿卡那牌做一次占卜举例。

首先,把牌打乱顺序理好,让求卜之人任意选择从零到二十二的数字。比如,求卜人选了十七,占卜者就把从上面数的第十七张牌取出,翻过来给求卜人看,这就有了第一张牌,意味着叠加。之后再次打乱顺序把牌理好,取第二张牌,这张意味着消减。一共取好五张牌后,按图排开。占卜者认真思索五张牌的连续意义后,把最后的决定(综合判断)告诉求卜之人。

这是最简单的使用法,更复杂的手法是把大小阿卡那

```
            3
          讨 论
  1      ┌─────┐    2
 叠加    │  5  │  消减
(肯定)   │ 综合 │  (否定)
         └─────┘
            4
          解 决
```

牌混在一起,摆成一定形状,让过去、现在和未来一览无余。具体方法用几句话难以说尽,如果有人实在感兴趣,我另辟一文来详解好了。

巫魔会幻景

图二十四　选自乌尔里希·莫利托（Ulrich Molitor）的著作

因格列高利圣咏而广为人知的教宗格列高利一世（Sanctus Gregorius PP. I Magnus），在所著的《对话录》（*Dialogus*）里留下一件有趣轶事，一位年轻修女生吞了一个魔鬼。

正当这位修女在修道院庭院里摘下生菜叶子放进嘴里时，忽然察觉到自己把一个魔鬼吞进了肚子里。大事不好，这可怎么办？修道院众人大惊之下慌张奔走，马上举行了驱魔仪式。僧侣一脸严肃地对着修女的肚子开始训诫："出来！谁会钻到那种地方？赶快出来！"于是听到魔鬼回嘴："呸！谁喜欢待在这种地方！老子本来在菜叶上

巫魔会幻景　89

舒舒坦坦睡午觉，是这个女人把老子咽进了肚子里！"似乎也在委屈。最后，魔鬼还是被轻轻松松地赶走了，一场惊慌得以平息。

这种事情在6世纪末时，还是不带邪气的轻松愉快的小故事，魔鬼的力量还微小不值一哂。然而即使是教宗也没有想到，这个微小前兆，几百年后发展成了可怕的妖术信仰，瘟疫般地席卷了欧洲各地的村庄和修道院。

到了13世纪中叶，在德国做过妖术研究的教宗格列高利九世，为了扑灭异端阿尔比派而设立了宗教裁判所，为所有叛教者、异端和巫师准备了火刑台。虽说16、17世纪才是巫师遭受宗教迫害最为严苛的时代，但终究说来，魔鬼的势力在中世纪的一千年间不断增大，如同星火燎原。格列高利九世在大敕书中详细论述了巫魔会的情景。

那么，巫魔会究竟是种什么聚会，为什么必须严禁呢？

月明之夜，寂静清冷的乡间路上，男男女女三五结伴，匆匆走向集会场所。这些人无论老幼，都像在被一种看不见的力量牵引着，沉默无言地迈出每一步。四面八方之路，最终通向一个僻静空场，深夜集会的祭司们已在那里等待众人。女人们手执带着蜡烛的长杆或扫帚，到达空场后，便跨上扫帚，围成圆圈，或者蹦跳，或者尖叫，群魔起舞。在黑暗之处蠢蠢欲动的众女巫，此时也发出凄厉尖叫回应她们。突然而来的尖叫和野蛮音乐乘着深夜风势，传到乡村百姓家，这时，虔诚的教众就会匆忙关门闭户，在胸前划下十字。通常，这种集会场所在巨大枯树和路标之下，

图二十五　选自乌尔里希·莫利托的著作

或者离刑场不远。

想来，巫魔会是民间自古相传的野蛮仪式，其目的，是为了释放欲望。在教廷将异端思想和巫术视为危险之后，巫魔会才随之被认定为一种带着异教彩色的诡异不祥之事。所有的恶，都随着中世纪的到来而一起发生了。

11世纪的历史学家马姆斯伯里的威廉（William of Malmesbury）在书中写过一段奇闻。罗马的大路上，两个老婆子把人变成马，赶到集市上卖掉了。哲学家索尔兹伯里的约翰（John of Salisbury）写过魔鬼变身成山羊或猫参加巫魔会的故事。

到了13世纪时，魔鬼学和鬼神论开始急速发展。当时，多明我会的修道学士博韦的樊尚（Vincent de Beauvais）曾报告说，他看见一个女巫骑着扫帚高高穿越夜空，飞向集会之地。

女巫会飞,在18世纪时变成了公认通说。意大利的鬼神论者玛利亚·瓜佐的《巫师要论》(*Compendium Maleficarum*)中有插图,一个女巫正骑着双翼山羊在半空中飞。著名的康斯坦茨市法律顾问乌尔里希·莫利托所著的关于吸血魔女拉米亚的《论女巫与女占卜师》(*De Lamiis et Pythonicis Mulieribus*, 1486) 里有一幅插图,线条稚拙的木版画上勾勒着三个巫师,各自顶着骡马、秃鹰和牛的头,正骑在扫帚上飞向什么地方。(参见图二十四) 当时人们相信巫师可以变身成动物。自古便有习俗,在酒神节上,人们会带着各种动物的假面参加狂欢。

不过,为什么举行巫魔会,里面有什么淫靡仪式,这些问题都无法正确无误地说清楚。之所以这么说,是因为流传到现代的相关资料,几乎都是宗教审判时的巫师自白,其中大部分又是在严刑拷打下的胡言乱语。与其说是自白,更像是巫师在混乱之中产生的幻觉和迷梦。而宗教审判官心中淤积了妄念,巫师和法官,双方被压抑的欲望和力比多合二为一,或许使这些自白变得越发夸张。无疑,那些审判女巫的法官,相当一部分人根本就是癫狂的迷信者,内心阴暗,不怀好意,以施虐为乐。

虽然巫魔会的审判记录各地不同,但魔鬼学研究者一致认为,巫师在高飞之前,要先在炉前脱光衣服,全身涂抹香油。香油是一种麻醉剂,巫师有时也会服用毒茄一类的致幻剂。

巫师使用药物并不是从中世纪才开始的。古罗马文学白银时代的剧作家阿普列乌斯（Lucius Apuleius）在《金驴记》（*Metamorphoses*）里写道："潘菲乐（Pamphile）脱光所有的衣服，打开一只小匣子，从中取出一些瓶瓶罐罐，揭开其中一个的盖子，从里面掏出一种油膏，放在手掌上搓了一阵，然后全身上下涂抹一遍，从脚趾尖儿一直到头发梢儿。继而，她对着油灯喃喃地念了一阵咒语，浑身便开始不停地颤抖起来。接着，一种轻微的跳动取代了抖动；与此同时，身体上冒出一片软绵绵的绒毛，生出一些粗硬的羽翎，鼻子也变弯变硬，指甲则增厚而形成钩状。潘菲乐就这样变成了一只猫头鹰。"[①]这段描写多么精彩，阿普列乌斯堪称历史上最早的魔法小说家。

大多在星期三和星期五的晚上，巫魔会的时间临近，巫师们开始坐立不安地躁动起来。他们钻到无人的杂物小屋或者厨房里（只要是带烟囱的房间就好），一边重复咒语，一边在身体上涂抹香油。忽然，他们感到自己的身体轻轻飘起来了。关于这一点，有种说法认为香油的毒性刺激到脊神经，让人产生了飘浮的错觉。无论真相怎样，男女巫师们陷入了一种人为造成的失神昏迷状态，所以，所谓的"巫魔会"，也许只是昏迷谵妄导致的痴梦幻想。而近代的鬼神论者们，却努力想把这种状态解释成借助灵媒等神秘之力后的浮游飞翔。

---

① 此处引自刘黎亭译《金驴记》。

骑着扫帚飞上天时，有一点必须注意，那就是手脚不能交叉。交叉摆出的十字形是基督的象征，会惹魔鬼生气。

那么，巫师们骑上扫帚要飞向哪里？一般来说，举行巫魔会的地方必定有古代的遗迹废墟。比如，保留着太古巨石群的布列塔尼高地、残存着德鲁伊教人牲供奉祭坛石的草原、建着墨丘利神殿的山巅、祭祀过高卢神话陶塔特斯神（Teutates）的荒凉之地、闪米特人的摩洛（Molech）神庙依稀可寻的旷野等等。其中最有名的，是尚存着巨大支石墓（Dolmen）遗址的德国哈茨山（Harz）布罗肯峰。请大家回忆一下歌德《浮士德》第一部里瓦尔普吉斯之夜（Walpurgisnacht）鬼火冲天的诡异景象。这些古代遗迹之所以会成为巫魔会的舞台，简而言之，是因为直到中世纪乃至近代，远古异教信仰仍尚存一息，并以巫术的形式复活，巫魔会正是最好的证据。

所以，主宰巫魔会的魔鬼列奥纳多（Leonardo）身上有明显的异教神特征。比如它有巨大男根，让人联想起普里阿普斯神（Priapus）和巴库斯神（Bacchus）。其头顶的山羊角，则酷似潘神。女巫审判官皮埃尔·德·朗克尔（Pierre de Lancre）认为，它长着两张脸，就像罗马神话里的雅努斯（Janus）。

基督教确立了主宰地位之后，中世纪残存的古代风俗习惯全部被视作魔鬼行为。无论是德鲁伊教的夏至节，凯尔特人的五月一日树木节，还是酒神节、狄安娜节，乃至对泉水守护母神的崇拜，都变成了巫师们的巫魔会。女巫的扫帚，原本象征着神圣的烟囱炉灶，只含有性意味，最终却被指为魔鬼道具。古代的性仪式本是歌颂丰饶大地的自然崇拜仪式，到了中世纪却变成了巫魔会。在狂欢之夜里，病态痉挛般喷涌而出的，是一直被压抑的肉欲。

按照这个思路，当时参加巫魔会的人，可以说是中世纪阶级社会和宗教秩序的叛逆者，是主张自我所有权和性自由的无政府主义者。当然，其中大多数人，是身处社会底层、性欲无法得到满足的无知农妇。但其中必有领头人，这些冲在前面引导众人的人，其气质性格，可以说与农民起义的统帅者非常相近。此外，参与者中还有不少带着面具的上流阶层和贵族妇女，堪称当时的"垮掉的一代"。在苏格兰北伯里克主办巫魔会的约翰·费恩（John Fian），曾是著名的反教权主义大贵族博思韦尔伯爵的心腹手下。后来，博思韦尔伯爵本人也被揭发是妖术巫师。

一般来说，被称为拉丁正统派四大魔鬼学权威的，是以下这四个人：约翰·威尔、让·博丹、德尔里奥和皮埃尔·德·朗克尔。他们都不是异端，而是立足于罗马天主教正统信仰的大学问家，远比当时的魔法术士们学识渊博。其中，著有《堕天使和魔神变化图示》（*Tableau de l'inconstance des mauvais anges et démons*）一书的朗克尔更是文采斐然的博学之士，同时，他也是最冷酷的巫术审判官，亲手将巴约纳（Bayonne）辖区推入了恐怖的深渊。除了上面那本书，他还利用职务之便写下了《无信仰的诅咒》（*L'incredulité et mescréance du sortilège*,

1622），对巫魔会做了全面详尽的解说。他用残忍刑讯逼迫犯人开口交代，极其残忍无情。

此人的表面伪装，是一个严格守法的忠诚法官，而他的心魂早已深陷女巫们所交代的妖冶迷幻的巫魔会之夜而无法自拔了。女巫们也心领神会，他渴望听到什么，就添油加醋地讲一番来满足他。这些逢迎虽然不能抵消判决，至少能拖延审判时间。然而，对朗克尔来说，只要参加了巫魔会，就已犯下要推上火刑台的大罪。

他的《堕天使和魔神变化图示》中有一幅木版画（参见图二十六），图解了巫魔会上的各种仪式。中央一口大锅正沸腾炖煮着什么，带着兜帽的老妇人拉着风箱，令人欲呕的热气蒸腾而起。弥漫开的朦胧热气里，乱舞着女巫、魔鬼和不知其名的怪异虫子。画面右方，夜宴已经备好，各个社会阶层的女人和魔鬼并排而坐，盘中的菜肴竟然是烤婴儿。画面左下角，小孩子们拿着棒状的东西，在池塘里钓癞蛤蟆。癞蛤蟆不仅是春药原料，也是巫魔会仪式上必不可少的东西。

朗克尔的书里有一段故事讲到，一个名叫马尔蒂贝尔法雷娜（Martibelfarena）夫人的女巫在和四只癞蛤蟆跳舞。其中一只癞蛤蟆穿着黑色天鹅绒礼服，脚上系着铃铛，端坐在女巫左肩上，右肩上的一只没有穿衣，剩下两只像小鸟一样乖巧地趴在女巫的左右手臂上——简直就是格林童话里的世界。

用癞蛤蟆做成的春药是种绿色液体，浓缩之后，据说哪怕衣服上仅仅沾上一点也会立刻倒毙。至于怎么做春药，这是巫师世界里的小孩子从小就要学的法门。这种液体还可以做成软膏和药粉，这样更便于保存。一位名叫里乌阿福（Riuaffeau）的女巫曾披露过春药配方，要将"剥了皮的猫、癞蛤蟆、蜥蜴和毒蛇放进锅里，在烧红的炭火上耐心熬煮"。

朗克尔的木版画插图上，能看见一个头长四只角的山羊怪物坐在宝座上，这就是巫魔会的主人魔王列奥纳多。魔王两侧，坐着巫魔会的女王和公主。一个身生蝶翼的魔鬼和一个女巫正合力把一个裸体小孩拖向魔王宝座。这个魔王列奥纳多，巫魔会的核心，究竟是一个什么样的魔鬼呢？对此，朱尔·布瓦有详细描写：

"这是一个前后各长着两根角的巨大山羊，前面的角像女人的假发一样倒立着。有时它只有三只角，组成了希伯来文字里的"罪"的形状，中间的角上带着兜帽，点着蜡烛，在闪闪发亮。它就像夸张戏剧化了的阿多尼斯（Adonis），似有女人的乳房，身上毛发长如鬃毛。它毫无廉耻地袒露着男性性器，那东西下流无比，长度惊人，像蛇一样弯曲，长满鳞片，布满刺猬似的尖刺，有着树皮般的角质，仿佛烧到赤红炽烈的铁块。它坐在金灿灿的豪华王座上，露出狰狞笑容，等待罪人们的合唱。罪人们当然会迎合它的淫心，他们争先亲吻魔王屁股，用涎水为它做洗礼。"（《恶魔主义和魔法》，1896）

巫魔会幻景

与上述描写相比，朗克尔书中的段落也毫不逊色，足以令人瞠目，摘引一段过来：

"那里的女人们全都赤裸着，她们甩动着凌乱长发，漂浮到半空再舞动着落地，她们妖冶地跳舞，贪婪地吞食，像野兽一样交合，用最无耻的脏话咒骂上帝，为邪恶复仇费尽心思。她们的脑子里只有悖理，她们追寻一切天理难容的淫邪肉欲，她们把感情倾注在毒蛇、癞蛤蟆和蜥蜴身上，与世上所有鱼类嬉戏，对腥臊的公山羊一见钟情，令人不寒而栗的是，她们痴迷地爱抚后，竟然与公山羊交媾到了一起！"

出席巫魔会的巫师经常把自己的孩子带到魔王面前，小孩只要不被烤着吃掉，就能得到魔王的第二次洗礼。无论大人还是小孩，第一次参加巫魔会的人都必须先接受这种洗礼。

魔王怎样为人施洗呢，首先受洗之人要放弃对基督的信仰和献给神的誓言，把圣母玛利亚唾骂成红毛女，将十字架和圣人像践踏在脚底。

接着要向魔王宣誓："我已舍弃教会，绝不会重返最初的信仰，从此我只尊爱你，你就是我的信仰。"

于是魔王回答："准许。既然你已舍弃教会，我将赐予你这个世界上最大的快乐，保证你从来没享受过。"

魔王用尖爪在受洗者额头搔挠出一个印记，代作契约签名。互换契约之后，洗礼开始了。洗礼用的当然是肮脏不堪的水，然后魔王给受洗者一个新名字，比如一个原本

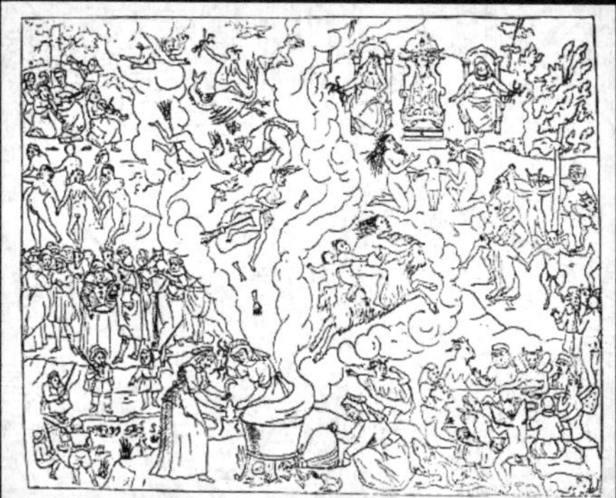

图二十七 魔鬼和轻浮女子

叫"罗韦尔·迪·科内奥"的意大利人就得了一个新名字叫"巴尔比卡普拉",意为山羊胡子。

契约签订后,魔王会向巫师要一件抵押信物,通常是巫师身上的衣服,或随身之物等,也有可能是巫师的孩子。

接下来,巫师再次跨入画在地上的圆圈(瓜佐认为,此圆圈象征着整个地球),给魔王献上永生服从的誓言:"伟大的撒旦,请将我的名字写入你的黑色之书,死亡之书,我愿为你奉献人牲,每一个月里,我将杀死一名婴儿,吸取其鲜血,为了忏悔往日的罪过,我愿在每一年里,为你献上黑色活物作为供奉。"

魔王听到后,再次用它的尖爪,在发誓者身上抓出一处伤痕作为印记。男人的伤痕一般在肩膀、眼睑、嘴唇、屁股或腋下,女人的伤痕则在乳房和其他隐秘部位上。就像奴隶主为了防止奴隶逃跑而在其身上烙下印记一样,魔王对那些看起来就轻浮不可靠的两面三刀之辈,尤其下手无情,给这些人留下格外深刻的伤疤。

于是,皈依魔鬼门下的巫师从此与教会势不两立,他们也有必须坚守的戒律,比如,严禁使用十字架、圣水、盐、圣饼以及其他圣物。因为盐有驱魔的力量,所以巫魔会上的食物通常是没加盐的寡淡之味。

漫漫长夜将尽,公鸡啼晓宣告了群魔之夜的结束。魔法书上说,公鸡鸣叫的威力极其强大,甚至能震退狮子。随着第一声啼叫响起,顷刻间,所有幻影消散殆尽。异教世界的消亡,"伟大的潘神之死"(普鲁塔克),就是这样始而复终周流不息的。刚才的巨大公山羊，晨光照耀之下，不过是一株高大而漆黑的树木罢了，既没有遍生长毛的手臂，也没有蹄子，更不要说长着犄角的头颅。那些看似男根的凸起，凝神再看就会发现，不过是长满节疤的枯枝引发的幻象而已。

清晨寒气里，瑟瑟发抖的女巫们踏上归途，回到各自的陋屋，爬上床。所有精力已在狂欢中耗尽，她们像一滩软泥一样睡着了。太阳高高升起，昨夜毒茄的麻醉效果消失，以奇怪姿势僵直了一夜的身体终于慢慢回复原状，睁开双眼，日常生活迎面而来。

虽然幻象已经消失，但她们并不失望，那种妖异幻境只要体验过一次，心中升起的强烈期盼就足以平息日常的痛苦，给贫困生活带来星火微磷的念想，她们会朝向星火的方向继续生活下去吧。巨大公山羊的幻影，也愈发成为被热烈赞美的偶像。

之后，那些星火引向的方向，无论是在严刑拷问下的痛苦煎熬，还是丧生在火刑台上，抑或，拍案而起参加反抗暴动，这些结局，至少，都不像是魔鬼的责任。

黑弥撒玄义

图二十八 双性神巴弗灭 选自埃利法斯·莱维的著作

　　我们在上一章说过，酒神节、普里阿普斯节等古代异教仪式，在中世纪以巫魔会的形式复活了。举行巫魔会的场所大多是荒郊野外，然而到了近代，类似活动开始侵入城市教会的内部，并换了个新名字——黑弥撒。过去贫苦民众们的喧闹狂欢，随着时代进展，渐渐带上隐秘色彩，开始走向地下，变成阴森凄惨的密室犯罪。就这样，近代的黑弥撒仪式远离了民众，变得更放荡，成了贵族独享。

　　换一种说法，就是随着基督教的权威渗透到所有阶层，魔鬼无力召集民众为自己举办什么狂欢，转而逃入了教会的内部。所谓"黑弥撒"，简单来说，就是魔鬼僭用基督的

黑弥撒玄义　　105

权威，反过来拿教会当武器，妄图通过玷污神圣弥撒，从而得到世间的承认，算是一种迫不得已的反抗手段。所以，主持黑弥撒的祭司大多是和魔鬼结下契约的破戒僧侣。对基督教来说，魔鬼终于演变成了反噬自身的内部危机。

黑弥撒的起源，一般被看作来自阿尔比派。阿尔比派在中世纪时兴起于法国南部，12世纪末，在教宗格列高利九世的命令下被全面剿灭。而阿尔比派对恶魔崇拜的耽迷程度，实际上并没有确切证据可以佐证。根据埃利法斯·莱维的意见，阿尔比派是信奉善恶二元论的袄教的一支放荡变异，但是，阿尔比派也叫"纯洁派"，他们恪守极其严格的清规戒律，实际上是一个禁欲组织。除了阿尔比派之外还有圣殿骑士团，他们继承了诺斯替派宗旨，不承认耶稣的肉身和十字架的象征，崇拜古代双性神巴弗灭，也被认为和黑弥撒渊源很深。

如果要举例史上最早最著名的黑弥撒，当属15世纪怪物吉尔·德·莱斯男爵的血腥幼儿屠杀，这个放到以后再谈。现在我们先来借用埃利法斯·莱维的文章，介绍一下16世纪法国传奇女子凯瑟琳·德·美第奇（Catherine de Médicis）和其子查理九世参加过的诡异恶魔礼拜。

——有一段时间，查理九世生了重病，所有医生都束手无策，无法释明病因。眼见查理九世病情日渐恶化，奄奄一息，母后凯瑟琳·德·美第奇先去找了占星学者商量，绝望之下，又转身求助禁忌不吉的魔法。最终，魔法的预言中出现了一张"鲜血模糊的脸"。下面来介绍一下这个地狱礼拜的具体过程。

先选一个美貌的世家幼子，由宫廷祭司为他准备最初的领圣体仪式，待到牺牲之夜来临，深夜十二点，通晓黑魔法秘仪的多明我会叛教僧侣进入病人房间，开始举行当时被称为"魔鬼弥撒"的仪式，列席仪式的众人，都是王后的心腹手下。

弥撒是在魔鬼肖像前进行的，巫师将倾倒的十字架践踏在脚下，向魔鬼献上一黑一白两个圣饼，再将白色的塞到幼儿嘴里，由此结束了领圣体仪式。随即巫师在祭坛上砍下幼儿的头，将刚刚离开身体尚在颤动的头颅放到巨大的黑色圣饼上，安置到桌子上，桌上燃烧着火焰妖异的蜡烛。接下来要为病人驱魔了，先向魔鬼下命令，令它通过幼儿之口发出启示之声。国王用谁也听不到的微弱声音胆怯地向魔鬼下了命令。没想到，从牺牲了的幼儿头中真的传来一种诡异至极，完全是非人类的声音，在用拉丁语说"Vim Patior"（压住我了）。国王听到这句话的瞬间，仿佛刚从地狱中被放逐出来似的，立刻明白了什么。只见他全身泛起恐惧的颤栗，手臂变得僵直，用嘶哑的声音尖叫出一声："赶走那颗头颅，不要让他靠近我！"他一直重复着这句尖叫，直到最后断气。周围列席的人们都以为国王在受科利尼将军（Gaspard de Coligny）亡灵的侵扰，但实际并非如此。让国王从心底感到惊惧不安的，并非后悔和内疚这种模棱两可的东西，而是他死之前看到的地狱的恐怖和绝望。(《高等魔法教义和仪式》)

顺带一提，科利尼将军，便是当时王后凯瑟琳·德·美第奇和其子查理九世企图剿灭新教徒，而一手造成了历史上著名的惨案——圣巴托罗缪大屠杀（Massacre de la Saint-Barthélemy）的牺牲者之一。

到了17世纪，黑弥撒悄悄潜入太阳王路易十四的宫廷，在权欲熏心的放浪贵族和破戒僧侣间大为流行。这些人中最著名的要算吉堡神父（Étienne Guibourg）。这个被魔鬼诅咒了的灵魂，是个七十一岁的斜眼老翁，当时宫廷内连续发生的毒杀案背后几乎都有他的暗影。这个恶毒神父经常在家举办邪门集会，连路易十四的情人蒙特斯庞侯爵夫人（Marquise de Montespan）也参加过，据说她在黑弥撒仪式上，主动脱掉全身衣服，用自己的裸体做弥撒台。这里让我们再引用朱尔·布瓦的文章，看看淫靡的魔鬼礼拜仪式上都发生了什么：

已经脱光衣服的蒙特斯庞夫人此时一个鱼跃，在粗糙的铺垫之上昂然横卧，躺倒在覆盖着黑布的灵柩上，丝毫不以为耻。她将头向后仰去，越过头枕撞到了歪倒的座椅。她双腿伸展，腹部赘肉像小山，堆得比乳房还要高。

黑色假面的孔洞里，女人的眼睛在炽烈闪光，她紧盯祭司："怎么了，来呀！吉堡先生！难道是害怕了？是喝醉了？还是那些络绎不绝找你做忏悔的女人吸光了你的全部精力？"

但是吉堡神父根本不为所动，他身穿长白祭衣，佩戴着手带，斜视的双眼中浮现出猥亵之色："真是个傲慢无礼的女人，你老实躺倒就好，虽然我已年过七十，所幸饱食过魔鬼的餐宴，不仅能使人回春，还能让满身皱纹的肉体重现弹性，你只要相信基督和路西法的结合就好……"

裸体的女人默不作声地躺倒，静悄悄的小屋里，只能听见她的胸腹在呼吸起伏间发出的的律动闷响。在腹部的肉丘上铺开一块方巾，两个圆润的乳房之间放上十字架，屁股附近摆好圣杯。

图二十九 吉堡神父的黑弥撒

弥撒开始了。祭司扭曲着嘴唇吻上颤动着的肉体祭坛，祝圣的时刻已经到来。这时，门被打开了，德·厄耶特（des Œillets）小姐走进来，双手紧抱着一个正在蠕动的物件。

"把生祭拿到这里来！"祭司叫喊着。

解开袋口的绳子，里面是一个流着涎水的雪白肉体，在漆黑一片的房间里，像纯白无垢的圣饼一样耀眼，祭司手指间的尖刀开始颤动。只见吉堡神父把这个弱小的生祭幼儿吊在半空中，开始低声念起咒语。

"我主并不拒绝这个幼儿去到他的身边，所以孩子啊，请你回到主的地方吧。我将作为祭司，将你送还回荣耀之地。"

黑弥撒玄义　　109

刀锋划过半空，幼儿痛苦的头猛地向前垂倒，鲜血从刀口中喷涌而出，流泻到肉浪起伏的人身祭坛上，滴落到蒙特斯庞夫人身上和她身旁的圣杯里。活祭坛无力地展开双臂，耷拉向左右两边，于是这具正在呼吸的胴体和伸展开的双臂，就组成了一个淫秽的十字架形状，她手中原本紧握着的烛台，仿佛在象征十字架上的铁钉。那具像海绵一样被挤干鲜血的幼儿的空尸骸，再次被交到德·厄耶特小姐手里，拔除其腹中脏腑。

吉堡神父将圣杯里的鲜血和葡萄酒混合，念一句"这将是我的血，这将是我的身体"，将杯中液体一饮而尽。蒙特斯庞夫人也举杯喝下，混合着鲜血的液体呈现出鲜艳的粉桃色，从她嘴边漏下，一直流到胸前和肚腹上。（《恶魔主义和魔法》）

已经够了，文章就引用到这里吧。总之，蒙特斯庞夫人之所以去吉堡神父那里参加黑弥撒，是因为她在和路易十四身边的其他女人争风吃醋，想借此独占王宠。当时，巴黎有一个颇有名气的可怕女巫，擅长调制毒药和春药，能借用药力诅咒杀人，名叫拉·瓦赞（La Voisin），是她向蒙特斯庞夫人介绍了吉堡神父。蒙特斯庞夫人请求神父用咒语咒死情敌拉瓦利埃夫人（Louise de La Vallière），以挽回王的宠爱。于是，这个女人就这么从吉堡神父那里拿到春药，第二天便挽回了王的欢心。

据说，蒙特斯庞夫人得到的春药，是用经血、剪下的指甲、地下墓地里的泥土、腐坏变成鼠色的葡萄酒混合在一起做成的，即所谓的"妖魔药丸"。自中世纪起，魔法师调制毒药和春药时一般都会用到经血或精液，缘由来自前述的异端阿尔比派。阿尔比派认为，生殖器分泌物具有邪恶魔力，当属污秽忌避；生殖活动将人的灵魂封闭进了肉体里，实在是令人憎恶的行为。正因为和夏娃有了肉体关系，原人亚当才永远地堕入物质之中无法解脱。所以在阿尔比派看来，人若想重返灵的存在（即原人亚当），就要斩落自己的男根，实行绝对禁欲。他们的禁欲观，连绵流传到中世纪后，演变成了魔法信条中的一部分——人的体液即魔鬼物质。

黑弥撒上使用人牲供物，尤其是杀害幼儿和处女的仪式，与阿尔比派扭曲错乱的纯洁思想有很深的关系。主宰和参加黑弥撒的人，对纯洁和处女性充满嫉妒和憎恶。他们把年轻牺牲者的鲜血，当作祭品献给善神，从而掩盖他们犯下的魔神崇拜的罪行。所以吉堡神父才在挥刀之前，咏唱了基督的名字。

我们在前面也说过，近代的黑魔法思想与善恶二元论密不可分。善与恶的对立，在祆教中，是善神阿胡拉·马兹达（Ahura Mazda）对立恶神阿里曼（Ahriman）；在基督教中，则是造物主对立魔王路西法。而举行黑弥撒的妖术师们，是墙头草，善恶两边都想讨好。渎神和纯洁思想不过是同根生的两条分枝。所以，当我们从萨德、波德莱尔和于斯曼等恶魔主义者、施虐狂的精神世界里看到纯洁和罪恶密不可分,表里一体,也就丝毫不足为奇了。

到了18、19世纪近代,热衷魔鬼崇拜的人确实不如以前那么多了,但仍可举出一些例子。比如在1847年建立了分派教会的德勒韦神父(Abbe Drevet),比如1840年前后在诺曼底卡昂(Caen)附近建立了卡梅尔慈善会的欧仁·万特拉斯(Eugène Vintras),都被教会定罪魔鬼崇拜而遭镇压覆灭。

欧仁·万特拉斯是个诡秘的人。他信奉圣母玛利亚处女怀胎论,公开支持瑙多夫(Karl Wilhelm Naundorff)——一个在法国七月革命时自称路易十七世以召集党羽的骗子钟表匠。他还曾在众多证人面前施展各种神技:当他祈祷时,他的身体轻浮到半空中,并散发出馥郁的芳香;一个空圣杯到了他的手里,人们亲眼看到里面徐徐涌出葡萄酒;当他登上祭坛时,脚印中出现了隐现血字和心脏形状的圣饼,有医生对此做了分析,得出结论确实是人血。记载这些事迹的文书和他的黑弥撒相关审判记录,被称为万特拉斯文书,一直保存至今。据说于斯曼在写小说《在那边》(Là-Bas)时,便参考了这些文献。

1875年8月,万特拉斯去了布鲁塞尔,在那里认识了自称是他后继者的布朗神父(Antoine Boullan),据说布朗神父向他讨要了一个奇迹圣饼。

万特拉斯在他的活动据点里昂卡梅尔教堂举行过黑弥撒,相关描写在朱尔·布瓦的《恶魔主义和魔法》中可以找到，在此引用一段：

魔鬼教会的墙壁上，密密麻麻画满了壁画，画中人或在杀人，或在冒渎，还有的在赞美空虚之爱。祭坛上的雕刻，像丑陋魔鬼和淫荡异教女神的合体，丑恶不堪，令人生厌。侧廊的画像上，画着无言行进的残废者们、男根像和女阴像、白痴一样的众天使、后背佝偻的殉教者、肥肠外流的祭司、乳房干瘪如黑皮囊的阿施塔特女神（Astarte）、大象般肥头油脸的太阳神阿波罗。还有，基督被钉在黑色阳具交叠成的十字架上，更可怕的是，基督长着丑陋的驴耳朵。

七十多个女人坐在热气蒸腾的铜香炉前，香炉里正点燃着天仙子、乌头、毒茄、芸香和杜松子等催发流产的毒草。滚滚浓烟中，慢慢浮现出别西卜、阿斯她录、阿斯摩太、彼列（Belial）、摩洛、贝尔芬格（Belphegor）等恶魔撒旦一族，让早已进入狂乱之境的信徒们，更亢奋激昂起来。

全身赤裸的祭司登上祭坛。祭坛之上，有一头长着人脸的山羊。祭司打开箱锁，取出圣饼，献给山羊。于是山羊开始咒骂祭司："你个下流胚！快穿上衣裳！"当然，山羊是人假扮的。

祭司身穿的弥撒礼服上画满了奇怪不可解的象形文字和淫秽图示，挂着粘稠精液，污浊不堪。就在祭司用含混的声音咏读《圣经》的时候，山羊站在祭坛上兴奋地扭动起身体，向四处放出恶臭气味，而待到祭司拿出圣饼和葡萄酒时，它才慌忙从祭坛上跳下来，消失在烟幕里。语言变成肉体的瞬间释放出的力量具有伟大的效果，恶魔稍有磨蹭，便会化为齑粉。

但是，一旦基督被封入葡萄酒里，祭司说出"这是我的肉"后，山羊就会重新现身，晃着一张丑脸凑近祭司，伸出红舌头，喘出粗重臭气喷向祭司，命令道："卑贱的东西！赶快交出圣饼！"于是祭司战战兢兢递上圣饼，山羊伸出尖爪接过来，闻闻味道，将饼在身上揉搓，用唾液打湿，浇上大小便，最后兴奋跳跃着发出尖叫："畜生！你终于落到我手里了！""为了什么愚蠢的人类之爱，你居然钻进这么个面粉捏成的玩意儿里！你活该！自作自受！你跑不了了！你的祭司早把你出卖了，你以为牺牲能让你升天？做梦！你只能堕落！你嘴上说着拯救全人类，实际上让人类陷入比地狱还要难熬的境地的，不正是你吗！"

如此一通说完，山羊将污浊圣饼高高举起，对信者们说："你们拿去分吧！"说罢，将圣饼扔给众人。那一瞬间，香炉从信众们痉挛的手中跌落，烟雾腾起，众人在烟雾中

图三十 万特拉斯的黑弥撒

114　黑魔法手帖

互相推搡,疯狂争抢圣饼,她们亲吻抢到的圣饼,用牙齿咬,用指甲抠,发出痛苦和快乐的呻吟,她们的衣服在拥挤中被撕开而掉落,让四下变成了淫靡的肉体战场。

万特拉斯认为,黑弥撒是代表恶的山羊对代表善的小羊进行的一场伟大牺牲,是把权力置换到邪恶一侧的一种尝试。基督因邪恶权力而被杀,所以上面这种想法,可以说是在尝试再现基督所做的牺牲。其实无需引用万特拉斯的结论,因为史实已经证明,这种黑弥撒以及类似行为,无论为了宗教祭祀,还是出于诅咒的目的,在所有民族的民俗历史里都可以找到。只是到了近代,民众不再公开聚会举行,所以这种行为也随之不得不变成了愈发血腥凄惨的密室犯罪的仪式。

古代腓尼基人的巴力神(Baal)、闪米特人的摩洛神、希腊的酒神等祭祀仪式上,经常会把幼童献给魔神。古代日耳曼的德鲁伊教徒、墨西哥的阿兹特克人(Aztec)、尤卡坦(Yucatán)半岛的玛雅人等崇拜太阳的农耕民族,也常将男性或女性的人牲供物敬献给神灵。此外,印度的图基教(Thuggee),行为诡秘,是一种具有宗教性质的秘密犯罪组织,他们信奉残忍的破坏之神——时母(kālī,迦梨),公然杀人,直到后来才被英国政府肃清。

一般来说,为了仪式而进行的杀人,动机大致分为两种,一是为配合召唤恶灵的咒语而杀人,二是为供奉魔神而直截了当地杀人。

图三十一　魔神摩洛

《圣经·利未记》记载："因血里有生命，所以能赎罪。因此我对以色列人说：你们都不可吃血，寄居在你们中间的外人，也不可吃血。"（17:11-12）由此可以想见，此处应用的原理是"人血构成了生命"。《利未记》是古时为禁止黑弥撒而颁布的一种法典。因为有人屡禁不止地相信，只要盗来人血，便能控制那个人的肉体和灵魂。从古代到现在，为了这种邪道信仰，在各种形式的黑弥撒中，残忍的杀人一直在频繁而隐秘地发生。

自然魔法种种

图三十二　把人变成马的魔灯

从自然界的植物和岩石里探寻神秘力量的学问，叫作"自然魔法"。弗雷泽在《金枝》中写到，自然魔法与原始宗教的图腾崇拜和拜物教（Fetishism）有关，是在古代民族中出现的广泛而常见的现象。接下来介绍几个构筑了独创的自然魔法理论体系的著名魔法师。

13世纪经院哲学的重要人物大阿尔伯特（Albertus Magnus），不仅是名声显赫的多明我会学僧，还是当时屈指可数的硕学之士，人称万有博士（Doctor Universalis）。他还是理论实践家，用科学态度进行各种试验观察。比如，古时人们相信鸵鸟吃火，他在观察过鸵鸟后，得出明确结论，

自然魔法种种　119

"那都是谎言,鸵鸟虽然有时吞石,但绝对不吃火"。然而,这位重视实验的理性主义者,同时还固执地相信魔法奇迹,说起来也真是不可思议。

话说回来,这位大阿尔伯特一心相信的,并不是后来被称为黑魔法的邪恶之术,而是自然之善力可以实现奇迹,即自然魔法。

12世纪时,欧洲文化和亚洲文化在西班牙发生碰撞,关于亚里士多德和赫耳墨斯文学(炼金术)的阿拉伯文献源源不断流入欧洲。后世认为,大阿尔伯特在这些异教思想的深刻影响下,开始相信经验和神秘之力能实现自然魔法。原本,以阿拉伯人古斯塔·伊本·卢卡(Qusta ibn Luqa)为代表的晚期亚历山大里亚赫耳墨斯学者,融汇了亚里士多德和老普林尼的理论,认为植物和宝石蕴含着力量,可以用来配置春药、治愈疾病、预测未来,实现各种奇迹。大阿尔伯特在中世纪天主教会的理念秩序中长大,他当然不会从正面公然宣扬古代异教魔法,但他众多著述里的自信观点,与古代迦勒底人(Chaldea)、埃及人和波斯人实践过的魔法出自同一种神秘学逻辑。

17世纪时,类似《大阿尔伯特》和《小阿尔伯特》等等作者不详的魔法书在欧洲农村广为流行,妖术师们争相阅读。这些书与大阿尔伯特本人毫无关系,但从连几百年后的妖书都要借用他的名字可见,他的魔法师身份是多么著名。

关于大阿尔伯特有很多神秘传说。有一次他在科隆的修道院里招待荷兰的威廉二世公爵,时值隆冬,天上飘着雪花,他在修道院中庭安排下桌椅,欲请客人在室外进餐。伯爵一行抵达时,桌上已积满白雪。但是,当所有人落座后,积雪蓦然消失了,庭院中的树上绽放出鲜花,小鸟一齐鸣叫出春之声。不用说,荷兰贵族们都惊呆了,对这位大学者越发有了敬畏之念。

第二个传说,是他做出了自动人偶。据说人偶外形酷似真人,受星象影响,身体各部分会自然而动,还会说话。人偶给他当仆人,很是勤快老实,只是话太多,干扰了他的学生托玛斯·阿奎那。阿奎那不胜其烦,有一天突发脾气砸坏了人偶。

接下来,引用大阿尔伯特所著的《论宝石及其功效》(*De Lapidibus Pretiosis et Eorum Virtutibus*)里的几个段落:

"天芥菜(Heliotrope,香水草),这种植物的名字由两个词组合而成——希腊语中意为太阳的'helios',和代表变化的'trope'。因此花似太阳,故有此名[①]。如果你在八月当中采撷此花,将花朵和狼牙一起用月桂树叶包好随身携带,就没人能说你的闲话、中伤你的声誉;睡觉时放在枕下,如果有盗贼想摸进你家,你会从梦里看到他;偷偷放在教堂里,瞒着丈夫偷情的女子就休想走出教堂门一步。"

---

① 此处作者理解有误,原书谓向阳而生之意。

自然魔法种种　　121

"荨麻（Nettle），只要把荨麻和金鱼藻一起握在手里，无论遇见什么幽灵，你都不会害怕。把荨麻和蛇纹木的汁液混合好，擦到手上后，把剩下的水泼掉，就能空手捕鱼。"

"白屈菜（Greater celandine），把此草和鼹鼠心脏一起放到病人枕边，如果病人命定将死，他就会大声唱出歌来；如果病人的命运不至于死，势必痊愈，那么他会落下泪来。"

"玫瑰，将玫瑰的果实和芥子、黄鼠狼爪一起吊到树上，那棵树将不再结出果实。如果把这种混合物放在枯萎的卷心菜旁边，两日后卷心菜便新鲜如初。若将混合物放进点燃的灯火里，那么在场的人在灯火照耀下看上去就和恶魔一样。"

"一串红，把此草装进小玻璃瓶里，浇上肥料，就会长出一种奇怪的东西，或者状如虫子，或者貌似长着斑鸠尾巴的鸟。把这个东西的血液涂到人的胃部，那人将昏迷两周以上。烧掉它，将灰烬扔进火里，马上就能听到雷声轰鸣；如果把灰烬放入灯中，就能看见房间里无数蛇在蠕动。"

"磁石，如果男人想测试妻子的贞操，可以把这种叫作磁石的铁色石头放到妻子枕下。若妻子守有贞操，就会拥抱丈夫，而不贞的妻子则会马上逃下床。"

"祖母绿宝石，一心想当贤者的人、想积累出巨富的人、想预知未来的人，请在手中握紧这透明而熠熠闪光的石头吧。其中发着黄光的为最上之品，常出现在鹰头狮身格里芬的巢穴里。只要身带此宝石，人就会变得才华横溢，记忆力惊人。如果放在舌下，则能预言未来。"

"紫水晶，这种紫色石头能让人头脑清醒，绝不会喝醉。印度产的为最佳。再没有比紫水晶更能醒酒、振奋钻研学问精神的宝石了。"

"缟玛瑙，想对方悲伤、害怕，欲在对方心中埋下争执之种的人，请用黑色缟玛瑙。最好的缟玛瑙产自阿拉伯，通体附有白色细纹，只要让对方把玛瑙戴在脖颈或手上，他就会立刻变得忧郁不安，受噩梦侵扰，与朋友争执不和。"

"珊瑚，想让暴风雨停歇好平安渡过大河的人，用珊瑚最好。珊瑚有红色和白色之分，实验证明珊瑚也是一种止血剂。随身佩戴珊瑚，人会变得理性而谨慎。珊瑚有祛避暴风雨和海难风险的绝佳功效。"

"以上论证的最后，我要告诉诸位一个令人震惊的秘密，独角兽的头颅里有一种珍贵而灵验的白色石头，乃是治疗尿不尽的特效药。罹患排尿困难和疟疾的人，用药后很快就能痊愈。孕妇随身携带此石，便不再有受伤的风险。"

以上，是大阿尔伯特魔法书的摘录，从中可以看出，人们相信宝石里蕴藏着不经人类染指的纯粹的自然神秘力量。从中世纪起，这种自然信仰逐渐衍变出各种技巧魔法，护身符（Talisman）、幸运指环、金属牌开始流行，反映自然的骨相学和手相学相继出现。

说过中世纪的大阿尔伯特之后，接着来看看文艺复兴时期颇负盛名的自然魔法大师吉安巴蒂斯塔·德拉·波尔塔（Giambattista Della Porta）。

波尔塔是来自那不勒斯的天才医生，年轻时游遍西班牙和法国等欧洲各地，结交了当时的魔法师。1560年他在那不勒斯开设了自然奥秘学院（Academia Secretorum Naturae），可能这所作风奇特的学院看上去实在像宗教异端，引起了罗马教宗保罗五世的警戒，开设不久后就被迫关闭。但波尔塔不甘心，亲自跑到罗马教廷陈情，详细解释学院的研究活动后，竟得到允许再次开讲。

波尔塔继承了中世纪首屈一指的阿拉伯学者维拉诺瓦的阿纳尔德（Arnaldus de Villa Nova）[①]的实验精神，他不仅发明了各种光学仪器，还首创出一种在暗室中安装大镜片的暗箱装置，被后人尊为摄影术之父。波尔塔晚年收集了罕见的动植物和矿物，又在自家庭院里栽培了外国的奇异植物。据说，波尔塔的梦幻博物馆、充满异国风情的庭院，是当时游访那不勒斯的旅行者的必去之处。

---

① 此处为作者记误，阿纳尔德不是阿拉伯学者，但他译介了不少阿拉伯学者的作品。

图三十三　动物和植物的类似

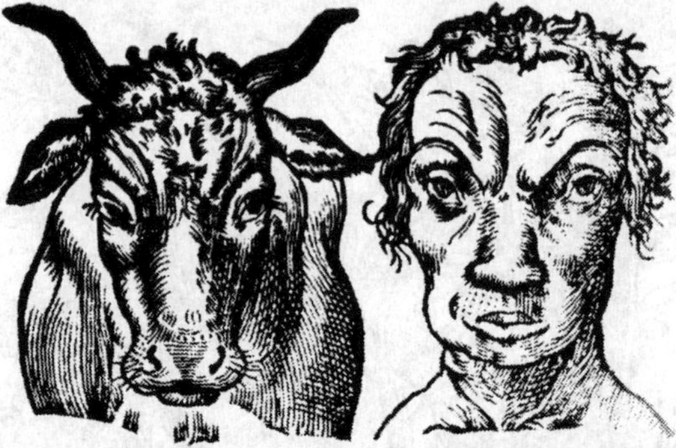

有趣的是，这位对自然魔法深信不疑的学者，用以创建他独门的骨相学的理论手段，却是类推法。何谓类推，大体概括来说，例如，假若一个人和一个动物（或植物）的外貌很像，那么可以类推，那个人和那个动物（或植物）的性格也一定相近。人的气质（与四种体液相关的四种气质，即多血质、忧郁质、胆汁质、黏液质）也包含在天地万物之中，乍看似乎毫无关联的事物，经过仔细观察后就会发现原来具有同样的性格。这就是类推法。

比如，形似鹿角的树枝，性格和鹿一样（参见图三十三）。长着一张牛脸的男子（参见图三十四），性格倔强、怠惰、易怒。貌似鸵鸟的人胆小、装腔作势，是淋巴性体质。猪脸人贪吃、散漫、吝啬、不洁、笨拙不堪。狮脸人英勇，品性高洁。羊脸人窝囊，谨小慎微。诸如此类，大概就是这种感觉。

波尔塔因为行医，比较了各种患者的性格和容貌，才得以开创这么一门异想天开的学问。以帕拉塞尔苏斯、安布鲁瓦兹·帕雷（Ambroise Paré）为首，众多医生在科学的黎明期，起到了文化先锋导师的作用。

波尔塔的著作《人相学》（*De humana physiognomonia*, 1586）在欧洲反响巨大，在当时的文化中心威尼斯、汉诺瓦、布鲁塞尔和莱顿等地相继重版。多年之后，瑞士出现了一位深受波尔塔人相学影响的著名哲学家，他就是令歌德和巴尔扎克深为折服的18世纪神秘思想家约翰·加斯帕·拉瓦特（Johann Caspar Lavater）。拉瓦特在文章中引用

自然魔法种种　127

了波尔塔的牛脸人图像，语气激昂地写道："面相这么酷似牛的人，恐怕一百万人里也找不出第二个！即使这种人只有一个，也远比牛要好得多！"

和古罗马时代的博物学者老普林尼一样，波尔塔立足于古代资料，以自然界物种之间的相互吸引和排斥的现象为证据，提出了物种之间存在着引力和斥力的学说。他在题为《自然魔法》(*Magiae Naturalis*)的书中，用"向背"和"和谐"等词汇描述了这两个原理。

按说这个原理，可以举个简单易懂的例子。比如无花果树上拴着一头牛，无论此牛多么狞猛，只要挨上无花果就立刻老实了。因为无花果和牛之间有引力，两者之间产生了共鸣。牛肉如果和无花果叶同煮，就会马上变软，也是同一个道理。东方大学者查拉图斯特拉（Zoroaster）也在书中写到过。（总之这是波尔塔说的，具体不知真假）所以要想驯服猛牛，只要喂牛无花果汁就好⋯⋯

除以上之外，波尔塔在《自然魔法》里还介绍了其他奇迹事例。比如，如何让嗜腐动物自然滋生（大阿尔伯特也在著书中写到过相似事例），如何制造人工宝石，如何让一个人精神失常二十四小时，如何利用毒茄催眠，以及怎么使用蚕豆、洋葱和大蒜控制一个人梦境的喜忧。其他，还有制作烟花的方法、怎么钓鱼等等，数不胜数。

但是，书中最稀奇古怪的秘方，是怎么用魔灯制造幻觉，怎么让幻觉里出现阴森诡异的马。大家一定记得本书前面提到过，大阿尔伯特也曾写到把草药放进灯火里制造

图三十五　用占卜杖探寻矿脉

魔鬼幻影。波尔塔在书中这么说:"古代哲学家阿纳克西拉斯(Anaxilas)有一件趣事,他用蜡烛芯或燃烧后的残渣制造出幻觉,让人错觉人脸变成了鬼脸,并以此为乐。这件事其实很简单,我们也可以做出来。只要从刚与种马交配过的牝马身上取下有毒分泌物,放入一盏新灯里,灯一点亮,在场所有人看上去都变成了马脸。此事我未实验过,无法断言,但我相信是真的。"17世纪的焦塞弗·彼得鲁奇(Gioseffo Petrucci)留下的铜版画正描绘了这个诡异的魔法场景(阿姆斯特丹,1677),请大家尽情观赏,画上的情景简直像格列佛游记里的慧骃国。(参见图三十二)

接着,时代从文艺复兴时期飞跃到18世纪末,让我们从当时著名的关于占卜之杖的争论中看一下自然魔法的另一个侧面。

纵观古代历史,棒、杖和箭一直是占卜工具,时至近代,人们则用这些神秘工具探寻过地下矿脉、煤炭层和矿泉。当然,近代学者对这些占卜工具的效果持怀疑态度,但其中也不乏热朗·里卡尔等学者认为占卜杖真实可靠,于是事情就变复杂了。

格奥尔格·阿格里科拉(Georg Agricola)于1571年在法兰克福出版的大作《论矿冶》(*De Re Metallica*)中,记述了用占卜棒准确找到了矿脉的事实,书中线条古拙的木版画插图上描绘了矿山现场(参见图三十五),两个占卜师手执双叉棒,边走边找矿,一旁两个测量师正用手指向占卜棒所示的方向。阿格里科拉用占卜师的咒语解说了占卜方法，17世纪耶稣会修道士基歇尔（Athanasius Kircher）也沿用了此说法。

还有，1692年蒙彼利埃的一个名叫皮埃尔·加尼尔（Pierre Garnier）的医生，描述了一件令人难以置信的事情：多菲内的一个老百姓雅克·艾马尔，擅长用占卜棒寻找小偷和杀人犯，一找必准。有一次，里昂一家酒馆的老板夫妻被人杀害，艾马尔拿着占卜棒一走进酒窖杀人现场，占卜棒就激烈地震动起来，人们跟着棒所指的方向一路寻去，走到一家旅馆前，占卜棒指向犯人数日前住宿时摸过的酒瓶。继续一路向南，最终来到博凯尔监狱前，占卜棒暗示犯人就在里面。事情果然如此，杀人犯见自己既已暴露，不由得老实交代了罪行。

在1693年出版的一本名为《神秘物理学：占卜杖论》（*La physique occulte: ou Traité de la baguette divinatoire*）的书里，瓦尔蒙神父（Abbé de Vallemont）试图用科学理论解释这种神秘现象。他认为，这种乍看不可思议的自然现象，是物质粒子运动的结果。执占卜棒之人的手中，粒子在起着发散作用。地下水和矿脉增进了这些粒子的放射，逃跑的杀人犯让粒子呈直线行进，于是粒子连动起了占卜棒——这就是瓦蒙特神父自以为的科学说明，然而其具体理论我们现代人实在看不懂。这种"粒子哲学"，至少肯定了宝石有医学疗效，相信人体能放射出物理性光线，虽然看似恶俗魔法，但毋庸置疑，这是范·赫尔蒙特（Jan Baptista van Helmont）一派对古老自然

自然魔法种种

魔法学说的粗陋继承。

关于宝石发挥神秘医效的事例,不仅在波尔塔的《自然魔法》中有记载,早在中世纪时期,宾根的圣希尔德加德(Hildegard of Bingen)就已经实践过用铭刻着十字架的宝石和圣饼为病人治病。

波尔塔在书中断言,有一种不为世人所知的宝石,名为阿莱克特琉斯(alectorius),"无论是从去势四年的公鸡肚子里发现的,还是从鸡胃里找到的,此宝石会让人力大无穷。"同样说法在大阿尔伯特的书里也能看到。波尔塔还说:"红玛瑙可治妇人的花柳病,锆石可做解毒剂,托帕石能矫正色情狂,绿松石对忧郁症和心脏衰弱有效,挂在胸前的绿宝石能镇静癫痫,并且佩戴宝石的人一旦失去童贞,宝石就会立刻裂成两半。"(出自于斯曼的《在那边》)

18世纪下半叶,巴黎出现了一个主张动物磁力学说、自称治疗医学大师的骗子——德国人弗里德里希·安东·梅斯默(Friedrich Anton Mesmer)。他认为宇宙发出的活力可以用一种蓄电池式的装置收集储存,只要把宇宙活力导入病人体内,再衰弱的病人也能获得新生。一个在自身体内蕴藏了这种强烈活力的人,如果学会自由控制磁力流动,就可将自身活力注入病人身体,具体做法是把手放在病人头上。

梅斯默那豪奢的房间里,放着一个巨大的桶,据说起着蓄电池的作用。桶为圆柱形,内部有无数瓶子呈放射状排列,将收集到的活力引向最中央的大瓶子里。瓶中装着磁力水、玻璃粉末和碎金属屑。蓄电池有盖子,上连数根铁棒和导线。

于是,病人只要手握这几根铁棒,就等于在接受磁力疗法。电池旁边给患者准备了舒适座椅,治疗过程中,小型乐队在旁伴奏。这里各种舒适设备应有尽有,丝毫没有医院的阴郁感。梅斯默喜好奢侈享受,房间里装点着昂贵的绘画、华美的洛可可时钟和水晶玻璃工艺品,而且他善言辞,和蔼谦逊,全巴黎上至贵妇公子下到平民百姓争相找他看病,巴黎的医学学术权威们虽然嫉妒他的成功,但拿他毫无办法,因为他有国王路易十六的庇护。

但终究,时过境迁,梅斯默迎来了被遗弃的终局。他最狂热的信徒、著名埃及学学者热伯兰在接受治疗时,猝死在大桶前。这一下,梅斯默的好日子到头了。换到现在,即使有一两位患者在治疗过程中去世,人们也不会去猜疑和否认医生和医学理论,但在18世纪时的巴黎就不好说了,梅斯默被薄情的巴黎民众驱逐出法国,在英国度过孤独晚年,最后死在故乡德国。

星位和预言

图三十六 占星术士 选自罗伯特·弗拉德的著作

有一次，当我窸窸窣窣打开刚从法国寄到的旧书包裹，翻开一本书散发着酸旧气味的真皮封面，一份满是虫蛀的小册子从书中飘下，落到地上。嗯？我不记得买过这本册子呀……只见小册子封面上写着"法国气象学会会员 V. 卢塞尔夫人写给马赛医院院长 S 博士的书简，关于霍乱"，1868 年出版，年代并不算久。

我猜，小册子是被偶然夹进书页里的，不知怎么就一起寄到我这里来了。册子内容不多，大体翻看了一下，大概是一个狂热迷信占星学的老太太，在写给医院院长的信里，认真而又滔滔不绝地论证了疫病的发生归因于天文星

星位和预言　　137

象变化。老太太相当博学，在信中意气昂扬地炫耀了一手帕拉塞尔苏斯的星辰医学论。小册子看来是自费出版，她从纯粹善意出发，希望以此得到医院的重视，至于医院一方如何反应，我就不得而知了。

书信内容过于琐碎，这里不再一一介绍。从这件事我们可以看出，占星学信仰早已渗入欧洲民众的心魂。那么，究竟什么是占星学呢？

如果把宇宙比喻成一个精密时钟，那么，占星学就是探寻天界齿轮装置运转法则的一门秘术。时钟上的文字图例，是天上的星球天体，所以这门秘术的关键，在于观察天体运动的轨迹。虽然天界有严谨不变的秩序，而人的命运看上去却变化莫测，但实际上，是真的变化莫测吗？人的命运不正与宇宙的齿轮装置有着奇妙关联吗？人的诞生和死亡，不就像钟表一样，遵循着严谨的数学式行进，是早有预定的吗？这些，就是占星学观点的第一步。

话说回来，人类从文明起源时起，就一直在探寻计算星象轨迹的方法。古代迦勒底人、埃及人、亚述人、希腊人和波斯人，在这方面都是聪明的数学家。他们没有计算器和望远镜，却发现了许多重要天文现象。要知道，眼镜直到17世纪初才出现，望远镜在1663年之后才普及。以此为前提，再看亚历山大里亚时代克罗狄斯·托勒密（Claudius Ptolemaeus）绘制的简拙的天体图，我们便会肃然起敬了。

令人震惊的是，文艺复兴时期的天文学家们耽于高度

》
图三十七　绘于19世纪的诺查丹玛斯肖像

天文学论，而他们观星，凭借的只有尺子、三角板和一双肉眼。哥白尼和第谷·布拉赫（Tycho Brahe）的伟绩，便是在这样的条件下达成的。在我们的想象中，哥白尼在用望远镜观星，这其实是现代人面对历史时易犯的错觉。

这种错觉令19世纪的画家在描绘想象中的中世纪占星学家肖像时，不是画出了巨大的天文望远镜，就是添加了离奇古怪的仪器，令占星学者们看上去神秘莫测。画家为了烘托古代神秘感而画蛇添足，反而露出了破绽。科兰·德·普朗西（J. Collin de Plancy）的《地狱辞典》（*Dictionnaire infernal*, 1863, 巴黎）中所附的诺查丹玛斯像便是其中一例。（参见图三十七）

16世纪最著名的预言者诺查丹玛斯，在画中头戴奇妙的尖顶帽，身穿宽松的大袖长袍，简直像个变戏法的，然而当时的占星学者并不会穿得这么怪异，他们和当时的大学教授一样，衣着质朴而简单。诺查丹玛斯身旁放着一架气派的天体望远镜，不用说，这种东西在16世纪根本不存在。

关于诺查丹玛斯的肖像，还有一幅18世纪的铜版画（参见图三十八），这张看上去就接近多了。16世纪占星学者的服装大概就是这种感觉。同样，著名星象学者威廉·利利在肖像画上身穿的黑色长袍，便是17世纪中期英国学者的代表性服饰。

罗伯特·弗拉德《两宇宙的历史》（*Utriusque Cosmi Historia*, 1617）的插图上（参见图三十六），描绘着天文观测所里的两个占星学者，其中一人像圣诞老人一样留着

图三十八　绘于 18 世纪的诺查丹玛斯肖像

长须，头戴毛皮帽子，据说是为了保护头部不受星象磁力及气流的影响。

特别值得一提的是，这些古老插图里都没有出现望远镜。在此还要重复一次，望远镜 1604 年才在荷兰问世，伽利略首次将其用在天体观测上，在那之前，望远镜从未出现在占星学和天文学的领域里。

在图三十六和图三十七里，能看到一种球形的类似陀螺仪的仪器，这是希腊天文学家发明的星盘（Astrolabe）。这种天体仪器的四周有刻度，盘面上罗列天体，地球在最中央，根据指针的转动测定天体位置。当时的天文仪器除了星盘以外，就只有指南针、沙漏、十二区分图、笔墨和纸张了，可以说非常贫瘠。

当时，天文学和占星学混同在一起，就连有"天文学之王"之誉的第谷·布拉赫在哥本哈根大学演讲时，也曾炫耀自己在古代巴比伦占星术上的丰富学识。他说："星象会直接影响人体吗？当然。因为人体由星象四元素构成。比如说，当太阳和月亮处于不利位置，火星开始上升，土星行到黄道第八宫，此时出生的婴儿绝大多数是死产儿。"（摘自阿伦尼乌斯《宇宙的形成》）

由此可见，第谷是占星术的热忱信徒，他在与人决斗时失去了鼻尖，据说他很坦然地接受了这个事实，认为在自己出生时，星象已决定好了一切命运。想不到吧，占星术还能在这种地方起作用。

占星术的原理和方法，由黄道十二宫和七星构成，十二宫又名黄道带（Zodiac），具体名称和符号，请参见本书在《卡巴拉宇宙》一章中提到的性魔法相关内容。

十二宫，是以黄带为中心南北各宽八度、环状运行的十二个星座群。当然，这是把从地球视角所看到的星象区分了类群，说到底是想象的产物。主要行星以及月亮、太阳都在此带内，不会运转出带。例如，土星运转异常缓慢，

图三十九 十二区分图 一

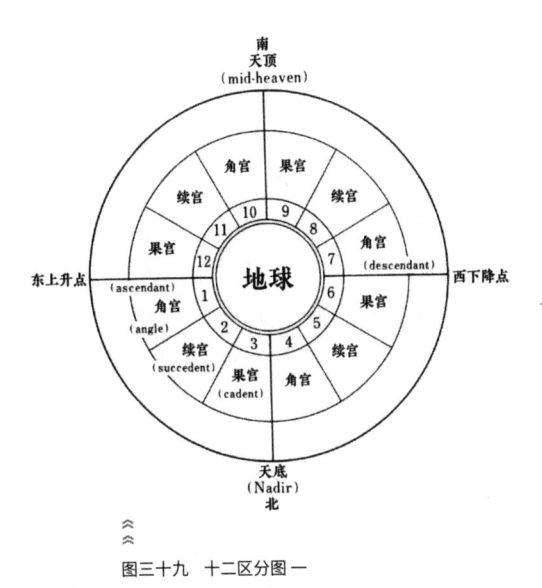

图四十 十二区分图 二

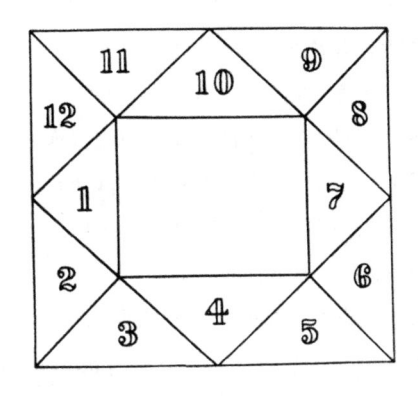

星位和预言 143

在十二宫内公转一周，需要二十九年半，就是说，从地球上看，土星需要如此长的时间才能绕地球一周。火星约为六百八十日，太阳需要一年，最快的月亮需要二十七天七小时四十三分五秒。简单概括来说，根据这些天体在一定时间内会走到哪一宫，会产生多种预言判断。

每个行星，又可以住在日宫和夜宫两个宫里，太阳和月亮则只能在一个宫中。太阳在狮子宫，月亮在巨蟹宫，日月把黄道一分为二，分别主管日宫和夜宫中的各六个星座。月亮主管水瓶座、双鱼座、白羊座、金牛座、双子座和巨蟹座，太阳主管狮子座、处女座、天秤座、天蝎座、人马座和摩羯座。

以上是占星学里最基础的区分。最为关键的，是各行星在即将进入本宫时所产生的强大影响力。读者可试将其想象成麻将里的东西南北风的作用。

然而，事情并非这么简单，因为各个天体发挥出最大能力之时，并非是在进入本宫时，而是行进到其他相位的时候。比如太阳最高扬的时候，并非在自己的狮子宫，而是在白羊宫（准确地说是在白羊宫的十九度），而当行进到白羊宫的对点天秤宫时，则最为低落（准确地说是在天秤宫的十九度）。为什么太阳的高扬和低落会有如此准确的度数限定，没人知道答案。其他天体也一样，各自的高扬和低落都早有正确计算结果。

通过日宫和夜宫、高扬与低落的区分，占星学者创建了十二星座和七星之间的交感（Correspondence）理论，通过天体所在位置有利与否，来判断其影响力的好坏。行星各自有独特的性格，同样，十二宫也各有其特殊效能。

从古代起，占星学者将黄道带三百六十度平均分成十二部分，其中的第一宫，即太阳到达东上升线（Ascendant）为止的部分，叫作"Horoscope"，后来，这个名词被用于指代一般的星位，继而被引申，表示占星行为本身。东上升线对应的是西下降线（Descendant），与此线垂直相交纵贯南北的，是南天顶与北天底之间的连线。

第一宫最为重要，如果土星这样的凶星进入第一宫，人的头脸上会生出黑痣或落下伤痕。此宫主宰人体的头部和面部，展示出一个人命运的轮廓线。第二宫显示的是与生俱来的财富、资产和特权等，主宰人体的脖颈和咽喉。就这样，第一宫到第十二宫，都具体关联着人的生活条件和身体部位，占星学者以此做出判断。

在古代，图三十九原本和图四十一样，都是四角形图。这种十二区分图，在罗伯特·弗拉德著作插图和威廉·利利的肖像画上都能看到。第一、第四、第七和第十宫称作"始宫"（Angle），这四宫组成正四方形，是最基本的人生罗盘。第二、第五、第八和第十一宫称做"续宫"（Succedent），显示隶属于始宫的命运。第三、第六、第九和第十二宫是表现内在价值的"果宫"（Cadent），也称"智慧宫"，行星进入此宫后，会对人的精神产生影响。

在做凶吉判断时，还要测定相位（Aspect），即两星之间的相对位置，这些很难用几句话解释清楚，在日本有门马宽明写的《占星学入门》等基础性参考书，感兴趣的读者不妨找来一读。就这样，如果做出了占卜命运用的"出生天宫图"，剩下的就只有依图判断而已，这时，谁都能当一当占星学者。

从一个人诞生时的星位推演预测出其后命运的方法，叫作"出生先天占星学"，自托勒密的《占星四书》（*Tetrabiblos*）后开始普及。还有一种更简单的方法叫作"日轮占星学"，最近在美国等地通俗流行的占星学，大多数是这一派。

下面，让我们来看看被称为历史上最杰出的占星方法实践家、预言者的轶事风姿吧。

米歇尔·德·诺特达姆（Michel de Nostredame），通称诺查丹玛斯，1503年出生于法国南部普罗旺斯圣雷米。他既是犹太医生，也是占星学者，还是当时顶尖的预言家。他所在的时代，虽然刚逃出黑暗的中世纪，但法国在文艺复兴时期依旧一片混沌，在那时，旧思想的大本营——巴黎索邦神学院"制造一个宗教异端比做个蜡像还简单"，数不清的魔法迷信和预言占卜之花，正妖艳地绽放在思想对立、宗教混乱和疫病战争的基台上。

如此看来，当时占星学者一定多如牛毛，而只有诺查丹玛斯之名一直流传到后世，出现在无数文学作品里，可见他多么名声显赫。

就连歌德也在《浮士德》里写道："快！快逃向广阔的

世界！有诺查丹玛斯亲手写成的神秘之书为你引路，难道还不够吗？"就这样，作为所有魔道的先达，诺查丹玛斯的大名不仅被后世大作家讴歌，还出现在庶民百姓的绘本上，一直流传到今日。

本书前面说过，法国国王亨利二世的王后凯瑟琳·德·美第奇沉迷魔道，招揽众多占星师和魔法师入宫，其中不乏巫师卢基埃利（Ruggieri）和天文学者雷尼埃（Regnier）之流。尤其是雷尼埃，王后为他修建了天文台，遗址至今尚在巴黎中央市场附近。这些人当中，也包括当时已备受瞩目的诺查丹玛斯，他深受王后信任，在晚年1564年时被授予宫廷医生的称号。

事情的开端，是王后想知道住在布卢瓦（Blois）的三个儿子的未来命运，她将诺查丹玛斯召请到巴黎，诺查丹玛斯预言说"三子将登上一个宝座"，王后困惑不解，想知道详情，诺查丹玛斯未做明言，指出"看清一切反而会带来危险"，只说了一些谜题般的话。

事实上，他的预言成真了。三个王子相继登上瓦卢瓦王朝的同一个宝座，他们即后来的弗朗索瓦二世、查理九世和亨利三世。

诺查丹玛斯在宫廷里仇敌众多，因王妃的信任，为他招来尤其多的嫉恨和担心。但是，所有质疑他预言能力的人，都被一大事件震惊了，那就是亨利二世的暴毙。

1555年印刷出版的名为《百诗集》第一卷的预言集中，诺查丹玛斯在第三十五篇里写下了四行迷诗。

星位和预言

年轻的雄狮将打败老者

在战场上，一对一厮杀的最后

他的眼睛将要被透过黄金笼刺穿

两处伤口合二为一，带来残酷的死亡

这几句诗让人迷惑难解，然而，四年之后，1559年，就像为迷诗写下背书答案一样，亨利二世死于一场意外。

当时，亨利二世为庆祝妹妹玛格丽特公主（Marguerite de France）与萨伏依公爵（Duché de Savoie）结婚，邀请近卫队长蒙哥马利伯爵即兴比武，伯爵起初婉拒，随后被亨利二世说服，比武开始不久，伯爵的长矛不小心刺穿国王的黄金盔，扎伤国王一只眼睛，枪尖碎片直抵大脑，亨利二世昏迷了九天后与世长辞。

然而此事还未完结，诺查丹玛斯在《百诗集》第三卷第五十五首里写下以下四行诗：

独眼龙君临法国之年

宫廷一片混乱

布卢瓦的殿下杀死其友

王国沦陷在灾殃和疑心的双重包围之下

确实，自从独眼国王驾崩，法兰西王室的命运便凄惨莫测起来。如预言所言，三个王子登上同一个王座，又相继悲惨地死去。

先是大王子继承了王位，成为弗朗索瓦二世，即位一年后，他在教会里突然发起高烧，在痛苦中陷入昏迷，死时才十六岁。接着十岁的查理九世登上王位，其母凯瑟琳·德·美第奇摄政。母后难忘诺查丹玛斯三子登基的预言，忧心之下，她带着儿子前往法国南部的萨隆请教占星学者。当时鼠疫肆虐，1547年诺查丹玛斯为防鼠疫而奔赴萨隆，之后便以医生身份定居在那里。美第奇在萨隆听到了来自预言者的什么警告和指点，后人就不得而知了。

总之，当时法国新教与旧教的宗教对立越发激烈，宗教动乱的狂澜正将王土撕裂成两半，在母后的指挥下，血腥恐怖的圣巴托罗缪大屠杀发生了，民间一片恐惧和怨嗟之声。

这时，生来孱弱的查理九世罹患了原因不明的忧郁症，二十四岁时死在母亲怀抱里。医生说他是肺病，但有传言，国王是为了治病而放血过度，死于贫血。也说不定是圣巴托罗缪大屠杀的冤魂们没有放过他。

最后一个王子登上王位，成为亨利三世，他是比母后更激进偏执的黑魔法爱好者，还是性倒错者，嗜好女装，人送外号"所多玛殿下"。他在文森城堡的高塔里闭门不出，耽于降灵术和黑魔法，连普通民众都在流传议论他行事诡异。他的政敌四处散发宣传单，揭露他的异端渎神行径。

亨利三世在布卢瓦召开三级会议（**États généraux**），

星位和预言

趁机杀死了政敌吉斯公爵（Henri de Guise）和吉斯枢机主教，三亨利之战成为一个著名的历史事件，我们在电影里也能看到。吉斯公爵被利斧砍死，正应了"布卢瓦的殿下杀死其友"的预言。此事是亨利三世独断专行，母后在极度震惊之下，三个星期后一命呜呼。

由此法国内乱顿生，巴黎民众蜂起反抗"暴君"。1589年，亨利三世围攻巴黎，在召见多明我会修士雅克·克列孟（Jacques Clément）时，遇刺身亡。

就这样，诺查丹玛斯预言了瓦卢瓦王朝的终结，其准确程度，就仿佛是他在驱动命运齿轮的转动。

诺查丹玛斯不仅预言他人的未来，还看清了自己人生的最后，并写进《百诗集》里：

使命已完成，再无力承受王之馈赠
唯有去到神的身边
亲戚、朋友与同胞
将发现我死在床榻和座椅之间

1564年，他在临死前几年觐见查理九世，受封顾问和常任侍医，即诗中预言的"王之馈赠"。

晚年他身患痛风和关节炎，身体浮肿，行走困难，只能在床和椅子之间活动一下。1567年7月1日早晨，家人发现他死在桌前，享年六十三岁，死状正如他十年前的预言。

传说他留下了巨额遗产，光现金就有三千四百四十四埃居，这在当时是令人头晕目眩的金额，而且都是品质精纯的古金币，这越发让人觉得，他是一个奇诡至绝的人物。

荷姆克鲁斯的诞生

图四十一　沙拉曼德（火蜥蜴）

灰色手套

恒久　恒久　浸在生命的神液里

像赫耳墨斯一样　执掌熔炉

严冬清晨渴慕炼金幻梦而醒

盛夏黄昏和帕拉塞尔苏斯一样

短剑藏妖鬼　学者的愤怒奔走于街巷

这几行苍劲之诗，选自《导人跪拜录》，收录于堪称日本魔鬼学前辈学者的日夏耿之介的诗集《黄眠帖》。诗中提到帕拉塞尔苏斯，让我有了灵感用这一节来开篇。

荷姆克鲁斯的诞生　　155

关于帕拉塞尔苏斯，本书前几章里已片段提到。他原名冗长：菲利普斯·奥里欧勒斯·特奥弗拉斯特·博姆巴斯特·霍恩海姆（Philippus Aureolus Theophrastus Bombastus von Hohenheim）。据说，其父是位名医，用古希腊矿物学者特奥弗拉斯特（Theophrastus）之名，为他起了名字。而他自己，则把名字里德语的霍恩海姆（Hohenheim，英语中的 High Home）拉丁语化，为自己起了通称——帕拉塞尔苏斯。

帕拉塞尔苏斯九岁时，全家从瑞士艾因西德伦（Einsiedeln）搬到现在奥地利的菲拉赫（Villach）。菲拉赫是著名矿区，有奥格斯堡豪商富格尔家族（Fugger）创建的矿山学校。帕拉塞尔苏斯先拜著名炼金师——施蓬海姆的本笃会修道院院长特里特米乌斯（Johannes Trithemius）为师，在蒂罗尔（Tyrol）的矿山实验室里找到一份工作。他在青年时代博学炼金术和矿物化学工程，后来绽放出神秘玄妙如空中楼阁的自然哲学之花，想来皆是受了北德意志地质大环境的影响。同样的环境在数百年后，也让德国浪漫诗人诺瓦利斯描绘出了幻影般的《蓝花》（*Heinrich von Ofterdingen*）[①]。

如果打开科学史和医学史书籍，帕拉塞尔苏斯的大名，必然会以文艺复兴时期"化学疗法创始人"的名号被提及。所谓"化学疗法"（Iatrochemistry），是一种用化学变化过程来解释肉体现象的医学体系，"Iatro"在希腊语里意

---

① 诺瓦利斯的未完成小说，他在其中为采掘下了浪漫定义：拯救出被矿脉囚禁在大山深处的金属之王，让王与生俱来的高贵权能在地表得以充分彰显。

为医学。文艺复兴的黎明,正是中世纪炼金术逐渐连接起近代应用化学的过渡时期,而帕拉塞尔苏斯可谓其间一位影响力卓著的天才。

他享誉欧洲,并非完全因为行医,还因为他是占星学者、魔法师、神秘哲学家和神学家。他为后世留下数量庞大的著作,历数历史上众多神秘玄学家,帕拉塞尔苏斯最为复杂怪异,也最令人好奇。

图四十二 帕拉塞尔苏斯的肖像 赫什沃格作画

同时,他还是一个让人真假难辨的吹牛大王,行事简直像个骗子,以至于他的名字博姆巴斯特(Bombastus)在英语里成了"夸张妄想狂"的代名词(不信可以去翻阅英语辞典)。

下面来解说一下日夏耿之介那一节诗。

"短剑藏妖鬼"所言为何物呢？传说帕拉塞尔苏斯有一柄剑，须臾不离其身。剑柄上镂刻着"Azoth"的字样，里面封印了一个魔鬼。剑格中空，内藏象牙容器，装着微量哲人石或鸦片。传说，他遇到讨厌的对手便释放魔鬼，遇到支持他的人，便会拿出医学万能药"哲人石"相赠。

帕拉塞尔苏斯在医学史上首次成功使用了水银、锑、锌等金属疗法，神奇效果震惊了民众，也造就了关于他的神鬼传说。当然，他把小鬼当手下使唤只是民间谣传，应该是受了奥古斯丁·赫什沃格（Augustin Hirschvogel）所做的肖像画的影响（参见图四十二）。

赫什沃格的画中，下方用拉丁语写着帕拉塞尔苏斯的名言——"一切善归于上帝，所有恶来自魔鬼"，这句充满诠释余地的名言，也促成了传说诞生。事实上，几乎所有帕拉塞尔苏斯的肖像画里，他手中都持着剑[1]。

然而法国精神分析学家勒内·阿朗迪（René Allendy）认为，帕拉塞尔苏斯的剑有象征意义。下面就来谈谈这一点。

纵观帕拉塞尔苏斯的一生，令人瞩目的异常之处，在于他从未和女性确立过关系。所以与他医学观点相反的人，以及他的仇敌，都侮辱他是阉人，嗜好男色。有一种说法是他小时候被猪咬掉了男根，成了性无能者，但这种谣传

---

[1] 持剑为一种表意符号，古典油画中的名人都有自己的特定持有物，观众可以通过持有物来判断画中人物是谁。以物指代人是一种常见的绘画手法。

并没有根据。显然，他把欲望升华到了知性领域。勒内·阿朗迪则把帕拉塞尔苏斯的幼年经历，解释成一种狂热的圣母情结。

帕拉塞尔苏斯的出生地瑞士艾因西德伦，是著名巡礼圣地，当地教堂里有一座优美的圣母像。他年幼丧母，在他头脑里，对生母的记忆和慈悲的圣母像融汇到了一起。他生来体质孱弱，加上性格内向，想来对男性欲望的快乐产生了厌恶。

帕拉塞尔苏斯小时候有患佝偻病的倾向，体质似乎极其虚弱。即使如此，他在青年时期依旧作为荷兰军医上了战场。复员后，他从战场带回的剑，也成为他顽强精神的象征，从此须臾不离。从精神分析学的角度看，剑是他原本欠缺的男性力量的象征性补充。

后来在玫瑰十字会和共济会的仪式上，剑开始充当重要象征，这说不定是从帕拉塞尔苏斯的剑里获得的灵感。

无论如何，在神秘之剑的鼓舞下，帕拉塞尔苏斯的斗争精神势不可挡，就如日夏耿之介的诗句——"学者的愤怒奔走于街巷"。

他在巴塞尔大学一反学院传统，首开用德语讲课之先河。要知道自中世纪起，大学教授一定要穿修道士风格的长袍，执红色长杖，戴金指环，用拉丁语讲解盖伦（Claudius Galenus）之书。而帕拉塞尔苏斯却身穿被药品染脏的灰色实验服，头戴粗劣的黑色无檐软帽，出现在学生面前。不用说，这立刻成了丑闻，让他成了众矢之的。

面对持保守态度的医生和大学机构的非难指责，他毫不气馁，反而果断反击。到头来，他在圣约翰日当天煽动学生，纵火焚烧了当时被视为医学最高权威的阿维森纳《医典》，大胆无敌的派头简直有誓与传统学问一刀两断。他争强好胜，势不可挡，甚至在书中留下"上帝赋予我医职，我乃医界君王"的豪言壮语。

帕拉塞尔苏斯一生放浪，居无定所，足迹遍布现在的德国、意大利、法国、荷兰、葡萄牙、英国、瑞典和波兰，据说他还去过遥远的中亚。他在黑海沿岸干草原地带（Steppe）被鞑靼人抓获，被带到莫斯科，最终又和鞑靼王子一起去了君士坦丁堡，一路经历媲美冒险传奇小说。1521年，他借住在君士坦丁堡一个著名降灵术士家里，他在那里经历了什么无人知道，后世甚至传说，他在奥斯曼宫廷里当了一阵子宦官。

"无论别人怎么说，我既没去过亚洲，也没去过非洲"，虽然他本人矢口否认，范·赫尔蒙特依然认为，帕拉塞尔苏斯在君士坦丁堡弄到了哲人石，他在1598年瑞士罗尔沙赫（Rorschach）出版的一本名为《黄金之帆》的书中，煞有介事地记载了两个异人把哲人石送给了帕拉塞尔苏斯。

帕拉塞尔苏斯堪称放浪成癖，他在一个城镇停留的时间，不会超过三四个月。当时他树敌众多，深受天主教教会和保守势力憎恶，然而他在欧洲每到一地都借住在贵族和富商之家，从未受过冷遇，说来也真是不可思议。不用说，想必是他的高超医术支撑了这一切，同时也令后世猜测，他可能参加了某种秘密结社组织。

中世纪时，各地相继出现了基于互相扶助精神的行业组织。其中，共济会是建筑师和石匠的行业组织，早在各地争相修建大教堂的8世纪前就已存在，在国王和教宗庇护下享有特权，因为建筑之术自古被认为是"王者的技术"，秘密不能轻易传授他人。

一般来说，当时如果参加了这种类似秘密组织的行业团体，即使有异端想法，也可以隐蔽在职业伪装之下，不被深究。所以，对卡巴拉学者和炼金师等与正统天主教会立场微妙相悖的人士来说，行业组织不啻为一个避难所。

即使是旅行这种事，在当时也依赖行业组织。无论走到哪里，只要向组织同盟出示徽章，或说出暗语，就能找到借居之所。反过来说，行业组织和秘密团体的成员为了获取新知识，也愿意主动结交外国客人。这种技术与思想上的国际交流，在当时正统社会背面的隐蔽处大为盛行，这种倾向一直持续到法国大革命时期，歌德的《威廉·迈斯特的戏剧使命》，便是在这种背景下诞生的。

虽然没有证据证明帕拉塞尔苏斯参加过这种组织，但他能在语言不通、习惯不同的异国自由漫步，所到之处皆有知识阶层和贵族们款待，各地一流画家（鲁本斯、丁托列托等）争相为他画肖像，这些事实说明，即使没有证据，视臆测为真又有何不可。

总之，帕拉塞尔苏斯所在的时代，是一个巨变的时代，中世纪的地基逐渐松动瓦解，他这样一个狷介而孤独的灵魂，闪烁着流星般苍白而耀眼的光芒，纵横放浪在世界各地，种种轶事，随便入耳，都令人大起好奇心。

关于帕拉塞尔苏斯妙手回春的记述有很多，其中最广为流传的，是巴塞尔的著名出版商、文艺复兴运动推进者约翰·弗罗本（Johann Froben）的事例。

弗罗本苦于右腿骨折伤痛，城中医生都治不好。正逢当时最著名的大学者伊拉斯谟在他的宅邸寄住，伊拉斯谟想起几年前在牛津见过的帕拉塞尔苏斯，于是为了弗罗本，派人请来了帕拉塞尔苏斯。一经妙手，弗罗本的腿伤立刻痊愈了。

自那以来，伊拉斯谟非常信任帕拉塞尔苏斯，经常写信请教疾病疗法，当时弗罗本家里常有拥护宗教改革的新派学者出入，不难想见，帕拉塞尔苏斯与这些学者们也有深交。

几百年后，歌德深受帕拉塞尔苏斯影响，这一点从歌德日记和自传里可以轻易看出。《浮士德》中出现的四大咒语，"火精来燃烧，水精来旋卷，风精来消散，土精来勤劳"，所体现的无疑是帕拉塞尔苏斯一派的自然观。

比帕拉塞尔苏斯更早的阿格里帕，将亚里士多德提出的宇宙四元素论列入自然哲学，而帕拉塞尔苏斯本人，则更看重炼金术三要素（使物质流动的水银、使物质可燃的硫磺和起凝固作用的盐）。

九鬼周造博士认为，"帕拉塞尔苏斯自然哲学有三个根本要素，即相反的原理、发展的思想和个体的原理"。关于以上哲学观点,这里就不深谈了。

请大家回想一下歌德《浮士德》第二部中的一个情节,浮士德的弟子瓦格纳在玻璃瓶中调和了物质,造出了人造小人——荷姆克鲁斯。歌德爱好阅读魔法和炼金术书籍,他显然是从帕拉塞尔苏斯的《论物性》(*De Natura Rerum*)中获得了灵感:

"把男性精液放入蒸馏瓶里密封四十天,精液逐渐腐坏,明显开始蠕动,之后,会渐渐形成人体的形状,同时又是透明的,没有什么实体。但如果用人类血液精心培养这个新生物,将它在与马的子宫等温的环境里保持四十周,新生物就会变成活生生的小孩,就像刚从女人肚子里生出来的一样四肢健全,但是,它极其小,直到长大出现智能之前,都必须得到无微不至的细心照料。

"它正是神启示给负罪该死的人类的最大奥秘之一。这个秘密始终存在于人类社会之外,但是,像半兽人和宁芙等,自古以来就广为人知,就是说,它们才是这个小生物的祖先。为什么这么说呢,因为小人长大到成年阶段后,有的会变成巨人,有的会变成矮人。

"人们用技术,赋予它们生命、肉体、鲜血和骨骼。它们从技术中诞生,先天注定是技术的集合体。所以,它们不仅不需要人类的教育,还拥有教导人类的资格,因为,它们就像庭院里的玫瑰,从技术中诞生,用技术维持生命,它们是超越人类的存在,更接近精灵。"

读到这里,读者也许会嗤笑帕拉塞尔苏斯的痴心妄想,

荷姆克鲁斯的诞生

但是，造出新生命，不仅是中世纪炼金师念念难忘的禁断梦想，也是一直连绵延续到19世纪的秘教哲学的根本核心。细想一下，对天主教会和其所信仰的神来说，还有比这更可怕的渎神侮辱吗？

帕拉塞尔苏斯在《论子宫》(*De Matrice*)中，强调了男女身体构造的不同，据他说，子宫是一个封闭世界，是原初生命力（Archeus）的栖息之地，女性之所以被创造，是为了将这个世界保持在她们体内，因此女性和男性是本质截然不同的小宇宙。用他的话来说，"女性就像支撑果实的树，男性则是被树支撑的果实"。

所以他认为，如果把创造性的男性精液移入与女性肉体相近的环境里，即使不借用女性身体，也能以人工方式创造出生命。传说，他通过化学方法用自己的精液实际造出过胎儿。

本书前面说过，托马斯·阿奎那砸坏了老师大阿尔伯特制作的机械人偶，除此以外，在魔法历史上，还有很多人造生命和荷姆克鲁斯的传说。

比如古代的卢西塔诺（Amatus Lusitanus）声称他见过一个名叫尤利乌斯·卡米路斯（Julius Camillus）的人造出了一个小人。还有自称火焰哲学家的比利时人范·赫尔蒙特，他继承了帕拉塞尔苏斯的理念，在著作中描述过怎么用谷物和罗勒香草做出人造老鼠。19世纪，布拉瓦茨基夫人（Helena Petrovna Blavatsky）在其著作《揭去面纱的伊西斯》(*Isis Unveiled*)里记述了一个名叫安德鲁·克罗斯的人做出了跳蚤似的人造虫。

在这里，我要为帕拉塞尔苏斯等神秘玄学家的名誉做出辩护，因为说到地球生命起源的问题，即使搬出进化论和巴斯德（Louis Pasteur）的生源论（Biogenesis），也有解释不通之处。近年来，生物从无机元素自然发生而来的自然发生论又重新抬头，这种观点认为，通过先进的光化学技术，用短波长水银灯照射水和碳酸气体，能催生出一种有机合成物。还有苏联生物学家奥巴林（Aleksandr Ivanovich Oparin）博士也向世人展示了蛋白质的合成，其显著成果，众所周知。

蛋白质的主要成分是碳，有的学者认为，在地球之外星海浩瀚的其他天体上，一定有以其他元素为物质基础的生物。如果地球上的是碳基生物，也许其他星球上有硅基生物，因为即使在地球上，昆虫坚硬的外皮主要也是硅，由此可以假设，在无垠的宇宙中，也许存在着昆虫生物或者硅基生物。

另一方面，法国著名生物学家让·罗斯丹（Jean Rostand）最近在著作里说："如果用甘油冷藏法做成精子罐头，有可能生出几百年前死去的男子的孩子。如果能把卵子移植进子宫，我们就能期待借腹生子。也许在未来，人们可以随心所欲地实现无父生殖、胚胎修整、人体插枝再生、部分或完全模拟子宫环境的体外孕育。"（《爱的动物寓言集》[*Bestiaire d'amour*]）

读过这些后，还有谁敢耻笑帕拉塞尔苏斯的实验精神？

这种天生带有人造基因的孩子，大大超出"人"的既成概念，确实可以说是一种"精灵"式的存在……

关于帕拉塞尔苏斯之死，流言蜚语众多。其中一种说法是，他在酒馆与人发生争执后被杀死了。还有一种传闻，萨尔茨堡医师团嫉恨帕拉塞尔苏斯的名声，出钱收买了恶棍，帕拉塞尔苏斯不是在酩酊大醉时被殴打死的，就是被恶棍从高处推落摔死的——无论如何，他是出了名的酒鬼。

19世纪初，索梅林博士（Samuel Thomas von Sömmering）得到许可后挖出帕拉塞尔苏斯的骸骨，发现尸骸的头盖骨后方有外伤痕迹，证明了传闻并非无中生有。

但随后卡尔·阿巴莱博士（Carl Aberle）在四次调查之后，认为尸骸头骨后方的外伤是佝偻病所致。如果他死在恶棍手里，那么，他在死前几日向公证人口述过遗嘱这件事就说不通，所以死于佝偻病更合乎证据逻辑。

有人怀疑阿巴莱博士的结论：帕拉塞尔苏斯真的口述过遗嘱吗？如果佝偻病能发展到致命的后脑外伤，那么他的胸廓和手足也该有明显变形才对。何况，为什么阿巴莱博士需要调查四次，他真的没有弄虚作假吗？如果证明了帕拉塞尔苏斯死于他杀，谁最有责任嫌疑？用死于疾病的说法抹消他杀的怀疑论，难道其中真的没有政治黑幕吗？无论怎样，帕拉塞尔苏斯连死亡都成谜，真是一位彻头彻尾的离奇人物。

贡道尔夫（Friedrich Gundolf）在《歌德传》中写道："歌德于1770年在斯特拉斯堡写下的日记里，很多段落是神秘主义者、化学家帕拉塞尔苏斯著书的节选，不祥的预感将歌德导向神学和穷究世界奥秘这两条险恶之路。在宗教上吸引他成为神秘主义者的，和在科学中吸引他成为化学家的，实为同一样东西，那就是蕴含在被官方神学独断专行地固定，却又被公认的经验当成素材来分解的东西中的，对精神统一的冲动。"

这种"不详的预感"和"对精神统一的冲动"，促使纳粹文学家开始了对帕拉塞尔苏斯的研究（比如科本海尔［Erwin Guido Kolbenheyer］）。政治上的形而上学式的自我中心论和独裁论，也正是一种魔法。这里我们能窥到些许以帕拉塞尔苏斯为原型、以尼采为最后预言者的德意志精神的深层秘密。

蜡像的诅咒

图四十三　女巫师 丢勒的版画

正如法国历史学家米什莱（Jules Michelet）所说，巫术里经常混合着性要素。比如"诅咒"，可分为呼唤爱情和发泄憎恶两种。爱之咒是为了把一见倾心之人弄到手，一般用来概括与性有关的巫术。

中世纪以来最广为人知的爱之咒，是使用细绳的结绳术。这是一种让对方性无能的咒法。男性中咒后会阳痿不举。比如自己心爱的女人被其他男人夺走了，此人便可请妖术师向对手下咒。对方中咒后，就不能再行男女之事。实在是个阴毒咒法。

魔法书《小阿尔伯特》里记载了结绳咒的具体做法："杀

死一只狼后立刻取下其阴茎，走近你想下咒的那个人，叫他的名字，等他答应后，立刻用白绳将狼的阴茎紧紧绑住。这样一来，对方就像被去势了一样，再也雄风不起了。"

这本书还记载了对付这个神秘咒语的驱魔法，男人只要戴上镶嵌着黄鼠狼右眼的指环，无论巫师怎么发功，也绝不会中招。

拥有生殖能力，意味着生命得以永续，由此，个体将永远存在于时间与空间之中。大家一定注意到了，这个道理反过来说，剥夺生殖能力的结绳咒中，有着所有黑魔法所共通的支配欲和权力欲。若听说连圣奥古斯丁、金口约翰、圣哲罗姆等早期教父也十分警戒结绳咒，读者们一定会大感意外吧。

不光有阳痿咒，还有一种让性事中的男女相连无法分离的咒法。16世纪恶魔学学者德·朗克尔留下了相当诡异的证言：

"塔兰托城里有一对男女结合得过分紧密，仿佛交尾中的狗一样黏在一起无法分离。他们就被吊在一根棍子上示众，被众人嘲笑，男女分别挂在棍子两边，就好像正在天秤上称量罪行的重量。围观众人高声咒骂，仿佛神借了魔鬼之手，以拷问者的身份向犯下重罪的男女宣告惩罚。"

并非本意却黏在一起无法分离的男女真可怜。按照德·朗克尔的说法，男女深受魔鬼诱惑才会如此，这是一项大罪。在现代医学看来，这种现象其实是阴道痉挛。将男女示众的做法未免太过残酷，即使当时是封建社会，也属践踏人权。

传说在擅长施展爱之咒的巫师里，有一个名叫里科尔迪的圣衣会僧人。14世纪初，他做出住在卡尔卡松和图卢兹的美女们的拟像，献给魔王撒旦。妖僧将拟像浸泡到用鼻血、唾液和癞蛤蟆血做成的混合液中，这样，撒旦就附体到拟像上。深夜，妖僧走到美人家门外，将拟像放在门边，美人就像梦游一样，跟跄摇摆着走出门，栽倒在妖僧怀抱

图四十四 爱之咒（左）和憎恶之咒（右）

里。妖僧献上一只蝴蝶作为生祭，致谢撒旦。最终，他罪行败露，自白后被判终生服刑。

"如果是处女，做拟像就要用全新的蜡，不是处女的话，一般的蜡也能凑合"，魔法书《所罗门之钥》中写道。拟像做好后，要先供奉给掌管爱与奸淫的三个神，即维纳斯、丘比特和阿斯她录。将女像刻到蜡上后，念出以下咒语：

"掌管东方的王奥里恩斯（Oriens）啊、西方之王派蒙（Paymon）、统管南方的亚迈依蒙（Amaimon）、征服北方的艾基恩（Egyn），收下这些人形，听我隐秘的倾诉，以万能之神名成就我的愿望吧！"

就这样，把拟像放到枕边后，那个女子在第三天就会

蜡像的诅咒　173

主动上门，或者写信过来。向四方魔神祈祷，就是想从四方包围目标中的女子，让她逃不出自己手心。

有时还可以在拟像上画出心形，一边用柠檬树的尖刺扎心，一边念咒："我穿透的不是你，是心脏，是灵魂，是五官！你将手足无措，直到我的心愿达成！"

按照恶魔学权威约翰·威尔的说法，在金星之时制作蜡人，刻上女子姓名和魔法符号，放到灶边让蜡融化，也是一种爱之咒法。一些近代魔法师，则喜欢使用一边呼唤心仪女子的名字，一边把她的照片扔进火焰里的咒法。

毛发是爱之咒常用的材料。下咒者相信，若将女子的头发和自己的编在一起，或将几根女子的头发供奉到祭坛上并祈祷，就能迷住那女子的心。毛发信仰历史久远，自祆教时就有。中世纪的人们会小心翼翼地取下自己缠在梳齿上的头发，以免其落到妖术师手里。弗雷泽认为，在原始部落里，也有不能轻易剪短头发和指甲，否则会中咒的信仰。也许当时的人们认为，人体上生长速度最快的头发和指甲，是一种独立于人体之外，像寄生物一样的东西，难免通灵诡异。

苹果常用来象征色情，古典绘画中著名的"圣安东尼的诱惑"主题里，经常描绘着美女手拿红色果实诱惑隐者。按照巫术审判官亨利·博盖（Henry Boguet）的观点，这不过是"撒旦把诱惑人类祖先亚当和夏娃的伎俩，又施展了一遍"而已。

《所罗门之钥》里说，摘苹果之前先浇上香油，让苹果香气更加迷人，妖术师随即念咒："造出亚当和夏娃的四字之神啊，正如夏娃让亚当犯下大罪，让此时吃下果实的人，也任由我摆布吧！"

另有一种下咒的办法，便是在金星之日（星期五）的凌晨日出之前起床，走进果园，摘下园中最美丽的苹果，切成四块，去掉苹果核，用写着灵符和名字的纸张取而代之，一边用两根针以十字形刺穿苹果，一边念咒："我所刺非汝。是魔鬼阿斯摩太正在刺穿我爱之人的心脏。"再将苹果扔进火里："我所烧非汝。就像魔鬼阿斯摩太焚烧了苹果，让这个女人心中也燃起爱我的熊熊烈火吧！"

还有一种办法："挖下小马额前的一块肉，干燥后磨成粉末，塞进苹果芯里，把这个苹果的四分之一让女子吃下去，或将粉末化开，让女子喝下。把粉末涂抹到女子衣服或皮肤上也可以。"

据说马鞭草等植物不用念咒也能发挥爱的魔力。著名炼金师范·赫尔蒙特在书中记述了此类植物的使用方法和效果，看起来也许原就属于自然魔法的领域，下面引用一段：

"我知道有些植物如果

图四十五　祛魔术

在手中揉碎就会发热。之后，你若与人握手，你的情热就会传感给对方，那个人会热恋渴慕你好几天。我试着用手抚摸过小狗的爪子，那只狗一直紧随在我身边不肯离开，又在我卧室门外兴奋地叫了整晚，直到我为它打开门，它才重新安静下来。"

照实说，这些咒语的奥秘，其实在于扰乱对方的身体平衡，磨耗对方精神，暗地里削弱对方的意志。因为情欲恶魔无法凭依到身心健康的男女身上。人只有精神和意志力松懈软弱下来的那一刻，才有中咒的危险。这就是魔法书上写的"白色孩子杀死了红色孩子"的瞬间。这句话的意思，是指白色淋巴液压倒了红色血液，即贫血晕眩。

朱尔·布瓦认为，所谓下咒，指的是"一个人的意志包围压制了他人的意志"。就是说，咒语是意志上的征服，令飘忽不定的意志脱离肉体，臣服于新主人的指令之下。所以从咒术师的角度来看，所谓下咒，是神秘流体在一片魂魄荒废的土地上的远征。咒术师的强力流体，毫不费力地紧缚住了软弱敌手的流体，将其押到小车上，带回自己阵营，将其关入黑暗牢狱。这里的牢狱，即咒术师制作的蜡人。被囚禁在蜡人里的虚弱意志，就好比圣饼中的耶稣，成为一种牺牲献祭，通过意志刚强的咒术师（祭司）之手，供奉给了魔王（神）。所谓咒术，不过是各种献祭形式中的一种罢了。无论白魔法还是黑魔法，其手法和逻辑是一致的。

说过爱之咒之后，再来谈谈憎恶之咒。

这里也要用到蜡人，妖术师用新蜡做一个对方的蜡人拟像，蜡人越酷似真人越灵验，因为酷似的物体之间存在着神秘关联。希望对方落得什么下场，就要对蜡人进行同样洗礼。

首先要把咒语刻在蜡人上，最好先弄到对方衣服上的一块布，套到蜡人身上。或将对方的一两个牙齿放到蜡人口中、剪下来的指甲粘到手上、两三根头发挂到头上，接下来念出咒语：

"……与破坏和憎恶为友的行刑者，施咒者，撒下纷争怨恨种子的播种人，倾听我的祈祷！让此蜡人承受不幸的洗礼和憎恶的祝福吧！"（《所罗门的大钥匙》）

不用说，蜡人身上肯定有对方的真名，咒语之后，用钢针或铁钉猛戳蜡人身体，再穿透其心脏，将蜡人扔进火焰里。蜡人完全融化的瞬间，便是被诅咒者暴死之时。或者不直接融化蜡人，向蜡人重复无数遍咒语后，将其埋到敌手家附近，也是一种下咒方法。

约翰·威尔在书中记述了憎恶之咒："有些人想对他人行恶，制作了对方的拟像，或用新蜡做出对方肖像，在肖像右臂腋下放置燕子的心脏，并用崭新的细绳将肖像吊在自己胸前，一边念咒，一边用新针戳刺肖像身体。此处省略咒语，以防好奇之人的危险模仿。"

如果有人嫌弃蜡人冰冷没有活力，不像真人，还可以用动物心脏。涌流的鲜血和蠕动的肉块，无疑更能煽动妖术师入境。癞蛤蟆、蛇、蝙蝠和老鼠，自古以来便被用于下咒。

16世纪鬼神论者德尔里奥留下了这样一段用癞蛤蟆下咒的轶事。

"伊斯特里亚的圣杰马尼亚斯镇上有一个年轻人迷上了女巫,他抛弃了贞淑妻子和孩子们,开始和女巫同居,似乎把亲人忘得一干二净。慢慢地,妻子发觉他其实是中了咒,于是去寻找丈夫,又在房间里四下暗暗搜寻,果然,从他床下发现了一个罐子,里面囚禁着一只双眼被缝合在一起的癞蛤蟆。妻子抓住癞蛤蟆除去其眼上封印后,将其扔入火中。于是丈夫立刻恢复了记忆,从魔法中醒来,回家与家人团聚了。"

就如上面这个故事,一般来说,只要找到妖术师藏匿的咒物,魔法自然就会解封。同时这对咒术师来说,是极其危险的事,17世纪著名的奥克(Hocque)事件便是典型一例。

帕西一带有一个名叫奥克的牧羊人,以施展妖术的罪名被抓到巴黎的监狱里。牢房里一个名叫贝娅特丽克丝(Beatrix)的犯人将他灌醉,酩酊之中他滔滔不绝地道出了自己的秘密:"你知道吗,我用的那个魔法药,是用圣水、圣饼渣、动物粪团、腐坏的米和念珠混在一起做成的,我们那行把这种灵药叫'九种咒禁',也有人叫它'天神丸药'。我把它埋在了帕西马厩里的一个小罐里。嘘,这个秘密你可不能说出去!"

这个从奥克嘴里撬出秘密的犯人,其实是宗教审判所的线人。线人马上向帕西的领主报告了消息，领主雇了一个能读魔法书的名叫"铁腕"的人，令他去挖魔法药，"铁腕"真的从马厩里挖出一个罐子。罐子被扔进烈火里焚烧，同一时刻，远离帕西的巴黎牢狱里的奥克，也突然怪异痉挛着断了气。

就这样，一般来说，咒禁一旦被解开，流体就会失去凭依，迷失在虚空里，转而变成一股可怕的能量，逆流回下咒人的身体。在魔法术语里这叫作"逆流的冲击"。"逆流的冲击"力量强大，极其危险，常有法力不足的咒术师因此丧命。比利时的列日（Liège）附近有一座被称为"逆流圣母院"的教堂，据说如果在圣母像前做祷告，自己所中的咒术就会反击回下咒人的身上。

那么咒术师如何防止逆流发生呢？19世纪神秘学家斯坦尼斯拉斯·德·古阿依塔的意见是，只要提前准备好第二中咒人，转移灾祸即可。这样一来，第一咒禁被解开后，流体便会逆流到第二人身上。还有人认为，只要在下咒时一直停留在魔法圈内侧，咒术师周围便有灵气帷幕环绕，能将逆流回的流体反弹出去。一般来说只有这两招。

据说，咒术之所以在欧洲宫廷内盛行一时，都是深受凯瑟琳·德·美第奇专宠的意大利人卢基埃利起的头。后来他经受数次严刑逼问，终于老实交代了他在王后指示下都施展了哪些咒术。

当时英国的格洛斯特公爵夫人被捕入狱，罪名是为了让丈夫早日登基，而给英国国王亨利六世下了蜡人咒。

蜡像的诅咒　　179

深受玛丽·德·美第奇信赖的女巫莱奥诺拉·加利盖（Leonora Dori Galigai），也以在宫廷多次下蜡人咒的罪名，1617年时被烧死在巴黎格雷夫广场上。当时她宣称无辜，声泪俱下地申诉，自己"只不过是拥有坚强的灵魂，能支配弱者罢了"。但在审判官看来，这一点就是巫师的头号资格。

即使是诞生了笛卡尔，被视为理性时代的17世纪，也盛行着数不胜数的咒语巫术。据说，著名的下毒犯布兰维利耶侯爵夫人（Marquise de Brinvilliers）借一个破戒僧侣之手，在圣饼上写下一对男女的名字，并在一场黑弥撒之后，让这对并非真正恋人的男女吃下了圣饼。

1619年夏天的某个夜晚，巴黎圣日耳曼德佩的一个守墓人在月明之夜，看见三个老妇正将鲜血淋漓的肉块扔进墓穴。守墓人抓住这三个老妇，在墓穴中发现了插满长针的羊心脏。其中一个女巫交代说，羊心是下咒要用的东西。

同一时期，一个年轻英国贵族被一个女人怨恨在心，女人偷来年轻贵族的左手套浸泡在滚烫沸水里，接着用针将其扎烂，念咒之后埋到地下。没过多久，年轻贵族发现自己手上出现了诡异伤痕，伤口难愈，继而扩展得不可收拾，因此丢掉了性命。(《贝尔沃女巫事件的惊人发现》[*The Wonderful Discovery of the Witchcrafts of Margaret With and Phillip Flower*]，1619)

1610年印刷出版的一本书《伏天翌日》(*Le Second jour des jours caniculaires*) 中，记述了一个中咒后肠穿孔的女人,当她痛苦翻滚时,附近一个陶工在她家门口附近找到一幅布满针眼的肖像,陶工马上把肖像扔进火里烧掉,那个女人的痛苦便立刻奇迹般消失了。

吉尔·德·莱斯男爵的肖像

圣女和蓝胡子男爵

图四十六 烧死女巫图

吉尔·德·莱斯男爵,这位中世纪时的法国元帅,即夏尔·佩罗(Charles Perrault)童话书中著名的蓝胡子,他不仅是历史上最穷凶极恶的幼儿虐杀犯,也是15世纪首屈一指的艺术爱好者,同时还是狂热的魔鬼礼拜和炼金术研究家。

这些不同的侧面是吉尔·德·莱斯男爵令人深思之处,接下来,让我们通过15世纪这个盛行魔法的暗黑时代的一些史实,来看一看这个荒诞无稽的怪物的一生。

关于吉尔的少年时代,不详之处甚多,现存的记录表明,他是在1404年末,法国安茹(Anjou)地区的尚多赛城堡中出生的。吉尔出身法兰西世袭名门，降生在一个名为"黑塔"的房间里。他的弟弟热内，出生于1414年。

吉尔十岁时，他的父亲在狩猎时被野猪獠牙戳伤而死，不久后他的母亲改嫁，抛弃了他和弟弟（也有说法他的母亲在生下热内不久后便去世了）。兄弟二人从小由外祖父让·德·克拉翁（Jean de Craon）抚养成人。他的外祖父，堪称集封建社会腐朽颓废于一身，是一个典型的沉迷物欲和权力野心的堕落贵族。近墨者黑，吉尔从小便受到其恶德的影响。

有的传记作者认为，吉尔在少年时代，便已显出家族遗传的精神变态的症状，但这种说法并不可靠。

在1945年出版的一本名为《吉尔·德·莱斯》（*Gilles de Rais, Magicien et sodomite*）的书中，传记作家马克·杜布（Marc Dubu）描写吉尔从小身患癫痫："这个孩子经常直愣愣地从床上立起身来，眼神呆滞，口中泛着白沫，仿佛想从野兽或恶魔手下逃脱，双臂颤抖，身体痉挛。"

莫非作者亲眼看到了不成？其实这种文章谁都能写。古书上并没有相关记录，所以吉尔的性变态在何时初露端倪，谁也无法断言。弗洛伊德将性变态的原因归于恋母情结，但吉尔丧母时年仅十岁，弗洛伊德的方便结论似乎无法套用在他身上。

另一位传记作者博萨尔神父（Eugène Bossard）的陈述显然更为谨慎："吉尔一定先在黑暗和神秘中尝到了孤独的快乐。想必年迈的祖父有突然闯进外孙房间，抓过少年行恶的现行吧。"

作家于斯曼写道："这个粗暴敷衍的老头在1420年11月30日，逼着吉尔和卡特琳·德·图阿尔（Catherine de Thouars）结婚，由此摆脱了麻烦的家长责任。"无论怎样，吉尔和表姐卡特琳的近亲联姻，仿佛充满了不可告人的秘密。

总之，尽管成长环境恶劣，吉尔从小好学，遍览古代典籍。其弟热内则完全是个文盲，和当时大多数贵族一样，连自己的名字都写不好。与此相比，吉尔堪称知识渊博，足能与15世纪其他以文艺爱好者而知名的大贵族——如贝里公爵（Duc de Berry）、勃艮第公爵（Duc de Bourgogne）和美第奇家族的诸公子们——并肩。

他能说流利的拉丁语，只要是他喜欢的书，不仅要重做精美装帧，而且即便在旅行时也随身携带，片刻不离。据说他尤其喜欢圣奥古斯丁的《上帝之城》、奥维德的《变形记》和瓦勒里乌斯·马克西姆斯（Valerius Maximus）的著作。可以想象，读过苏维托尼乌斯（Gaius Suetonius Tranquillus）的《罗马十二帝王传》后，对尼禄和卡利古拉的残忍荒淫游戏，他年轻的心中，曾怎样熊熊燃起过向往和好奇的火焰。

当时正值孱弱的查理七世治世，法国国力被百年战争拖垮，疆土遭受英军劫掠蹂躏，黑死病大瘟疫夺走无数民众的生命，国家陷入了凋敝与穷困的低谷。生死存亡之际，吉尔自费建立军队，与救国圣女贞德并肩作战，在安茹和曼恩（Maine）一带立下无数战功。

用于斯曼的话说，"他守护着贞德，如影随形。无论是在巴黎城墙下，还是在兰斯的加冕仪式上，他都在少女将军身边寸步不离"。

因武功赫赫，吉尔在二十五岁时，就被国王授予了元帅称号。

后世认为，正因为他和贞德这位奥尔良少女的结识，他心中才萌发出对神秘主义的向往和冲动。而神秘主义和恶魔崇拜，只有一纸之隔。

吉尔和贞德之间的具体情形，因为缺乏史书实证，后人无从可知。根据传记作者博萨尔神父等人的观点，吉尔虔敬地崇拜贞德，贯彻了舍己献身的骑士精神。

然而，究竟又是出于什么原因，让他后来忽然厌倦了战争和功勋，改在蒂福日（Tiffauges）城闭门不出，日日耽于情趣高雅且极端豪奢的生活，这是他波澜起伏的一生中最令人费解的谜。

顺带一提，吉尔·德·莱斯是婴儿虐杀者，至于后来为什么人们把他和虐杀妻女的"蓝胡子"混为一谈，相关说法有几种。

博萨尔神父的结论是，布列塔尼一带的民间故事里出现了吉尔的名字，所以，蓝胡子和吉尔确实是同一个人。就是说，佩罗童话在民间故事的基础上做了改写，将其中残酷和变态的部分改得更有宗教感。而讨厌基督教的费尔南·弗勒雷（Fernand Fleuret）认为，蓝胡子的故事来自科诺莫尔（Conomor）的民间传说，科诺莫尔和吉尔·德·莱斯都是被教会除名的人物，所以民间将两者同一化了。

所谓的科诺莫尔，是中世纪时布列塔尼的一个领主，他多次娶妻杀妻，在传说中是一个总是在娶新娘的人物。

小说家费尔南·弗勒雷曾化名费尔南德斯博士，在查阅过宗教异端审判记录之后，写下关于吉尔·德·莱斯的论文，他认为吉尔清白无罪，是基督教异端审判的牺牲者。

图四十七　希律王下令屠杀婴儿

另外，查尔斯·李（Henry Charles Lea）在《中世纪异端审判史》（*A History of the Inquisition of the Middle Ages*，1900）中写到，吉尔留着一副威风堂堂的红胡子，是魔鬼将其变成了蓝色。这种文章简直是骗小孩，荒诞无稽，但他这么写了，读者也拿他没办法。

19世纪中期的编年史作者保罗·拉克洛瓦（Paul Lacroix）的观点比较有意思，也很有说服力："吉尔·德·莱斯男爵乍看上去非常温和，有一张和善面孔，似乎与残暴荒淫无缘。修剪成燕尾型的胡子也毫无阴险之感。他一头金发，胡子却是独特的黑色，随着光线变化，黑中幽幽泛着青光。由此，他有了外号，人称布列塔尼的蓝胡子，他的生平也变成了一个荒诞离奇的传说故事。"

其实对我们来说，吉尔究竟是不是蓝胡子，根本就无所谓。

对了，16世纪著名鬼神论者让·博丹在《魔法师的魔凭狂》(*De la démonomanie des sorciers*, 1580) 中，写下了极有暗示性的一段话：

"以巫术罪名在南特被处以死刑的吉尔·德·莱斯，杀死了八个幼童，在谋杀第九个孩子时忏悔承认了罪行。这第九个孩子，正是他的亲生子。孩子尚在母亲腹中时，其父已下定决心要把他杀死，献祭给魔鬼。"

这段论述里，有两点与史实有出入。首先，吉尔没有儿子。第二，吉尔杀死的幼儿远不止八个。话虽如此，这个有违事实的数字"八"，显得意味深长。因为在民间传说中，蓝胡子正好杀死了八个妻子。

关于蓝胡子的传说不再深究，到此为止吧。

关于吉尔的容貌，阿尔芒·盖罗（Armand Gueraud）以及瓦莱·德·维里维尔（Auguste Vallet de Viriville）等传记作家都记述得非常含糊，只写到其"身材高大，相貌英俊"。因为没有具体史料，如此暧昧的描写很难服众。幸好，我们可以模仿作家于斯曼，推理构架出吉尔的性格和内心世界。

在于斯曼看来，吉尔完全是一个脱离了当时时代的人物。吉尔相当博学,是纯粹的艺术家,奇珍收藏爱好者,藏书上描绘着金泥文字和细密画,自己也能作画。"他的同辈人若只配用野蛮人来形容,吉尔则已体验过了艺术的极端优雅,有着晦涩而高远的文学梦想,著有降魔术书籍,爱好罗马教会音乐,日常所用皆珍器佳什,绝无粗陋平庸之物。"

吉尔在前半生,不仅是气质优雅的艺术家,众所周知,他还是战场上的猛将,品格高尚的骑士,有圣女崇拜倾向。我们必须承认,自从他在蒂福日城堡隐遁之后,不知出于什么机缘,以上种种美德,骤变成了恶行,使他成为历史上恶名昭彰的杀人魔。所谓恶行,即傲慢、淫荡和残酷这三种。

让我们暂时从犯罪心理学角度来讨论一下这个问题。吉尔的第一恶行,正是他高涨到疯魔程度的傲慢和自我崇拜。在审判的最后阶段,吉尔还拒绝认罪,执迷不悟。直到他所犯的罪行被众多证人立证,再无反驳余地,他才开始向众人低头,乞求神的谅解和灵魂救赎。倨傲的性格和孤独的环境,激发了他无法抑制的自恋,让他变得盲目自大,甚至向左近炫耀过自己犯下的累累罪行。

再比如犯罪史上著名的"杜塞尔多夫的吸血鬼"。据说,这个名叫库尔滕(Peter Kurten)的德国变态杀手,在法庭上对法官多次重复"我做的事,你无法理解,没有人能懂"。吉尔也公然在法庭上大言不惭,"我做了世人想都不敢想的事,这是天赋予我的伟大宿命"。

这种大恶人所特有的傲慢,并不只是普通意义上的虚荣或自大,更像在表达执拗的快感,有一种非要立于俗众之上、沉醉于优越感的倾向。同时，这也是恶魔主义者所特有的、对既成社会秩序的叛逆方式。可以说，堕天使撒旦被驱出天国，也是因为同样的妄自尊大。

吉尔·德·莱斯的心中还潜藏着淫欲，如烈火般激昂燃烧，不知厌倦，只有通过逾越常轨的放纵行为才能平息。淫欲一旦平息，他就会陷入一种昏睡状态，醒来后，又有强烈的惭愧悔恨之情涌上心头，让他俯倒在十字架前，潸然流下忏悔之泪。然而，欲望会再次高涨，只有重蹈覆辙才能满足焦渴难耐的心魂。于是，他的性癖渐渐偏离常态，他越发追求更强烈的刺激，继而发现了渎神的快感，欲令智昏，一步一步走向了施虐色情狂的领域。

那么，吉尔的性变态和施虐性癖，是天生便有的吗？当然，能回答这个问题的，只有吉尔本人。他在法庭上也没有回答这个提问。但毋庸置疑的是，他天生具有强烈好奇心，偏爱离奇怪诞的事物，这些性格复杂地缠绕在一起，催生出淫荡，将他导向残虐和杀人。从他的法庭自白来看，他从少年时代起，性癖已异于常人。

"法庭质问他在何时懂得了鸡奸之罪，他回答说是尚多赛城堡。虽然他没有明言具体时间，但可以推测出那正是他祖父临终前后。"

"当他被问到在犯下前述罪行时，是否受人教唆煽动，他说没有受到任何诱导，完全出于自己独特的想象力，一切皆为了满足自身的快乐和淫欲。"

从以上审判记录片段来看，吉尔从年少时便已开始沉迷男色。关于他的施虐性癖，正如博萨尔神父和于斯曼所言，吉尔在少年时既已从苏维托尼乌斯著作的插图里，看到提比略和卡拉卡拉血腥放荡的娈童场面，铭心难忘，深受影响。确实，吉尔有嗜看行刑场面的视奸倾向，此处他和罗马皇帝提比略很像。另外，卡利古拉为了让受刑者死得更痛苦，曾令行刑人缓慢折磨，在这一点上，吉尔则和卡利古拉一脉相通。

1432年，祖父在尚多赛城堡中死去时，年仅二十八岁的吉尔继承了堪称当时法国最巨额的遗产。难以计数的领地和城堡，每年为他带来三万里弗收入，此外，他还有每年二万五千里弗的法国元帅津贴。要知道就连勃艮第公爵的亲戚，当时年收入也不过六千里弗，可见吉尔坐拥金山。然而，他只用了六年，就将巨富挥霍一空，只能说他豪奢浪费程度惊人，让人好奇他究竟做了什么，才没落得如此迅疾。

具体理由说起来，首屈一指的是他维持了一支豪华的军队。当时是群雄割据的时代，只要有钱就能拥有大军。吉尔有二百多人的骑兵亲卫队，而且给每个骑士都另配有衣饰豪华的侍者。就连布列塔尼公爵约翰五世，也在见到这支绝美之军后心生嫉妒。

浪费的第二个理由，是他兴建了壮丽的教堂。和同时代的路易十一以及凯撒·波吉亚等野心勃勃的大贵族一样，吉尔似乎也相信，只要修建教堂就能洗清他在现世犯下的罪恶。但是，要维持一个包括祭司和唱诗班在内共八十多名圣职人员的教会，可想而知糜费不菲。

不光维持，出手豪奢的吉尔还为圣职者准备了金光闪烁的豪华衣装。僧侣们身着栗鼠毛法衣、白鼬皮衬里的绯红法衣，甚至用金线和真丝织就的带着袖饰的法衣，装模作样地徜徉在教堂里，那种情形，让人以为那里是大主教座堂。更不要说教堂内部遍布华美装饰，到处可见金烛台，以及用精美蕾丝、金线刺绣和宝石装点的天鹅绒帷幕。整座马什库勒（Machecoul）小城，就像一个宗教王国。

毫无疑问，这些都极大满足了吉尔的自尊。但在这些虚张声势的嗜好和难辨真伪的宗教情感之外，他的另外一个动机，分明是对教堂音乐堪称沉溺的狂热。倾听唱诗班少年们的合唱，对他来说无疑是一种性逸乐。

有种精神医学观点认为，对某类人来说，宗教音乐可以诱发情欲陶醉。神秘主义的心醉沉迷和感官陶醉有相通之处。克拉夫特－埃宾（Richard Freiherr von Krafft-Ebing）在《性精神病态》（*Psychopathia Sexualis*）中认为，人的爱欲和宗教神秘主义，因为都在追求无限，所以两者可以互通相连。他在书中写道："宗教感觉和性感觉发展到极限之后，在刺激量和性质方面会出现相似之处，在特定条件下可以互相置换，如果再加上相应的病理学条件，两者都有可能变化出残虐性。"

显然，吉尔·德·莱斯兼有以上两种倾向。我们已经知道，他是圣女贞德的崇拜者，是一名经受了百年战争之悲惨和残酷的战士，还是狂热的艺术爱好者。

如此想来，我们就很容易理解了，吉尔钟爱的格列高利圣咏，以及少年合唱的神圣歌声，不仅与其淫荡和罪恶的欲望毫无矛盾之处，更是煽动它们的力量。这种性心理学原理印证了神秘思想和恶魔崇拜只有一纸之隔。

苏埃（Robert Soueix）博士在关于吉尔的医学论文中，引用了匈牙利著名犯罪者马图什卡（Szilveszter Matuska）的事例，马图什卡是一个变态又颇有犯罪天分的惯犯，他用炸药炸翻了火车，以倾听受伤乘客的痛苦呻吟为乐。博士写道：

"最近（1931年），匈牙利一个名叫马图什卡的人，用炸药颠覆了快速行驶的火车，他看着在七零八落的车体下痛苦哀鸣的受伤乘客，体会到了难以形容的快乐。同时，这个犯人还有着怪异且极为深刻的宗教感情，他崇拜圣安东尼，随身携带着圣人像，当他看到犯罪计划得以实现，众多无力逃脱的乘客在横倒燃烧着的车体下变成焦黑尸体，脸上便闪耀起胜利的光辉，跑到附近教堂，向崇拜的圣人献上祷告，感谢圣人护佑犯罪的成功。由此我们可以想象，吉尔·德·莱斯也一样，他一边沉溺在恐怖的杀戮行为里，一边觉得自己通过倾听唱诗班少年优美纯净的歌声平息了神的怒火。"

苏埃博士的推论似乎有些性急，但史料确实有证据，就像深爱少年唱诗班的歌声一样，吉尔确实嗜好倾听受害者的痛苦呻吟。德国神秘学家格雷斯写道："吉尔将受害者献给了恶魔巴隆、别西卜和比列，他不仅杀人，还让唱诗班为牺牲者咏唱了复活节圣咏。"

根据神秘学者斯坦尼斯拉斯·德·古阿依塔的说法,"身着金色法衣的祭司,几乎每日都在四处奔走寻找新的唱诗班少年"(《撒旦的僧院》[*Le Temple de Satan*],1891)。这种说法虽说夸张,毫无疑问的是,吉尔确实在极短时间里,迅速组起了一个法国北部最优秀的唱诗班。他出手阔绰,不惜动用各种金钱和珍宝,将美声少年们收集到了身边。

一个名叫罗西尼奥尔(Rossignol,意为夜莺)的少年原属圣伊莱尔教堂唱诗班,吉尔看中了他,应允封赏他拉里维耶尔(La Rivière)的土地,强行把他从普瓦捷(Poitiers)带到了蒂福日城堡。可见,吉尔付给歌手和演奏家们的报酬高得多么惊人。

过去教会认为音乐令人联想起异教仪式,是一种邪恶的存在,所以在很长一段时间里没有使用音乐,直到6世纪末格列高利一世时,才意识到音乐是一种能唤起听众虔敬感情的有效手段。于是教会仪式咏唱和对咏圣歌被收集整理到一起,音乐成了教会里不可或缺的东西。吉尔的唱诗班学校里,使用了当时流行的所有乐器,在手摇风琴、竖琴、琉特琴、小号和长笛中,风琴尤其占据了重要地位。

让我模仿一下小栗虫太郎。从音乐史角度看,拜占庭最早使用了风琴。最初是水风琴,后来有了空气驱动的风琴,8世纪时最初传到欧洲的风琴,是拜占庭皇帝君士坦丁五世赠出的两台,一台送给了法兰克国王丕平三世,另一台送给了查理大帝。依据圣加伦的一位修道士的记载:"牛皮风箱震动青铜管发出声响,如滚滚雷鸣,音色既像七弦琴，也似铜钹。"

可以联想，吉尔尤其嗜听由风琴"洪亮充沛之声"奏响的纪尧姆·迪费（Guillaume Dufay）的经文歌《悲戚圣母》。他一定从这段圣母与地狱的绝美和音中，深切地听到了受他戕害的牺牲者临终前发出的苦苦哀求。

然而，当时的广大民众，对他纸醉金迷整日沉溺于戏剧、音乐和飨宴的生活方式，纷纷投以艳羡和赞赏的目光。人们尚未察觉到，这位举止奇妙的贵族心底深处，潜藏着什么样的血腥欲望。他是卡特琳夫人可靠的丈夫，是独生女儿的慈父，仿佛无人能察知这个男人心底不可告人的暗黑烦恼，蒂福日城尚在贪恋平和安详的沉睡。

当我巍峨耸立的城堡在你眼中一文不值时
"只要在选择之后投以一瞥
那些早已被我否定的教诲和祭坛"
黑暗迷雾中传来你痛苦的嘶喊

　　　　　　　　　　　斯特凡·格奥尔格（Stefan George）

水银传说城堡

图四十八　炼金师的实验室 选自海因里希·昆拉特（Heinrich Khunrath）的著作

阴沉的蒂福日城堡，耸立在连接南特和普瓦捷的要道上，这座建在罗马时代要塞遗址上的城堡，是难以攻陷的要害，也是吉尔男爵最喜爱的逗留之处。当男爵预见到自己财政日渐窘迫，破产之日已临近，他挥手告别宫廷生活，满不在乎地藏进这座到处装点着大理石雕刻和彩色壁挂的华美城堡里，过起了隐居生活。

蒂福日城堡一带过去曾在民族大迁徙余波的冲击下，被达契亚人（现居罗马尼亚的一个民族）占领。吉尔男爵是否有东欧达契亚人的血统，我们不得而知。但在传说中，这支侵略过蒂福日的蛮族，其世袭首领与其他日耳曼民族君王不一样,他们公然允许男色行为。夏多布里昂在著名的描述罗马帝国之没落的《历史研究》中,有一段对达契亚青年的描写:"他们被逼与男子媾和,童贞之花在这令人作呕的行为里被蹂躏践踏,他们只有成功制服一头野猪或熊,才能从这场违背伦理的婚姻中解放出来。"联想吉尔仿佛与生俱来的性变态心理,就会深深地感受到,这块土地上宿命般地流淌着一股邪恶浊血般的不吉之物。

群塔组成三重城墙,环绕着蒂福日城,男爵引以为傲的教堂,就建在塔附近。教堂里举行过无数次黑弥撒,也是男爵大宴宾客的地方。几乎身无片缕的唱诗班美少年们,往来在宴席上,为宾客们斟满浸泡过肉桂的葡萄酒,以及其他内含兴奋剂的酒。乔治·默尼耶认为,这些刺激性饮料"在这座没有使女的怪诞之城中肆无忌惮地激发了宾客们恶梦般的淫欲"。

男爵的穷奢极欲令家人担忧,他的妻子多次向国王查理七世恳请干预家族财政,这种做法让吉尔火冒三丈,最终他把妻女赶出蒂福日城,幽禁在普佐日(Pouzauges)。且不用说他对普通女人充满厌恶,要知道,从前他曾浪漫地崇拜过圣母,如今却陡然一变彻底沉溺于男色,这种种变化令人惊讶。吉尔就像衰败期的罗马贵族,在使女难觅的城堡里,日日与少年们荒淫无度,还让少年们去侍奉宴会宾客。对被赶走的妻子和女儿,他至死都不屑一顾。

几乎可以想象,在蒂福日城深处的研究室里,万卷书籍旁,吉尔埋头于炼金实验,孜孜不倦。对孤独的男爵来说，这是最纯粹的知性享受。然而当破产危机袭来，大势所趋，他必然会心生邪念打起算盘，偏离炼金术本义走上邪道，妄图利用这种神秘知识提炼出真正的黄金，好从眼下的财政窘迫中脱身。来自阿拉伯的炼金炉（Athanor）和梨型壶下，希望之火炽烈燃起，他是否成功用哲人石炼出真金了呢？

修道士洛比诺（Dom Lobineau）在《布列塔尼史》（*Histoire de Bretagne*，1707）中写道："吉尔用尽所有手段，搜寻通晓此欺瞒之术的人，很快他就找到了几个能凝固水银的老手。但是，就像在术士们即将达成夙愿点石成金的瞬间到来之前，'哲学蛋'（烧瓶的一种）总是会先破裂一样，这种不走运也一样发生在吉尔身上，他的具体情况则是，正当他埋头实验时，忽遇法国王太子突访蒂福日城。炼金毕竟是门秘术，不好公然行之，他只得拆掉炼金炉，中止了实验。"

这几句就是对德·莱斯元帅不走运的炼金术探秘的最简明扼要的记录。洛比诺称炼金术为欺瞒之术，以17世纪对知识的理解程度来看，这么说也不为过。而且，我们应该知道，当时的玻璃器皿不耐热，非常容易开裂。

大家可以想象，在蒂福日城的一室里，吉尔激动得连那蓝胡子都微微发颤，和心腹厄斯塔什·布朗谢（Eustache Blanchet）一起俯身凝视曲颈瓶底的情形。现有史料证明，男爵在城堡一侧建造了实验室，筑起了炼金炉，购买了铁锅、坩埚、蒸馏瓶和双头蒸馏器等实验容器；安托瓦·德·帕雷莫（Antoine de Palerme）、弗朗索瓦·隆巴尔（François Lombard），以及来自巴黎的金银工艺师让·珀蒂（Jean Petit）等人都在实验室里工作过。

加热熔化物质用的陶罐和烧瓶，其外型想必酷似传说中的浮士德博士和弗兰肯斯坦博士所用的形状奇妙的物件，吉尔被这种诡异莫测的神秘幻影凭依，心底里熊熊燃起了希望。

根据于斯曼的说法，"贞德死后未久，吉尔便立刻沦陷在魔法师手里。不仅如此，这些魔法师皆是品味高雅的恶人、极富智慧的学者。那时往来于蒂福日城的众人中，有专注学问的拉丁学者、令人惊叹的高谈家、珍奇灵药的收藏家以及通晓远古神秘的人。这些魔法师在后世传记作者笔下，不是骗子就是恶俗食客。然而，传记作者们都错了，这些人才是15世纪真正的精神贵族。可以猜测，他们即使在罗马教会里有官职，但大主教或教宗高位之下的平职皆难入其法眼，况且他们绝难爬上如此高位，所以理所当然地，面对当时混乱而无知的社会，他们只有到吉尔那样的大领主处避世了"。（《在那边》）

吉尔所在的15世纪，正是炼金术在欧洲的全盛时期，有学问教养的大领主们将不容于世的炼金师收入门下，不惜时间和金钱，躲在自己的地盘里做着黄金梦。

关于炼金术的起源，已在前面塔罗牌的章节里详述过，下面只简单介绍一下其沿革。首先，炼金术起源于古代埃及，在亚历山大里亚发展壮大，经三重伟大的赫耳墨斯的

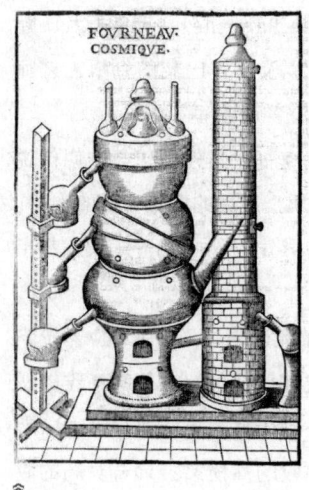

图四十九 炼金炉

《翠玉录》明确定义，在米索不达米亚的大学者贾比尔（Jabir）手中得大成。关于最后这位贾比尔，历史上是否真有此人，还是疑问。但有"奇异博士"（Doctor Mirabilis）之誉的罗杰尔·培根（Roger Bacon）以及众多往昔的术士们，据说，都曾对这位"最伟大的王和哲学家贾比尔"所著的《秘术大全》和《哲学之书》等著作致以最大敬意并深入研究过。关于金属的熔解、精炼和塑性等法则，这些书中都有精密记载。

阿拉伯人侵攻西班牙后，将炼金术一同带入了西欧世界。在此之前，早已有过广为人知的例子，比如古罗马皇帝卡利古拉，以及拜占庭皇帝希拉克略（Heraclius），都重金招揽了众多炼金术士，做过点石成金之梦。证据证明，很早便有阿拉伯人出入宫廷，在很长一段时间里，这些人似乎一直在西欧和东欧（拜占庭）世界里扮演着波斯和埃及秘传学问继承者的角色。

最早穷究了阿拉伯炼金术的欧洲人，据说是修道士热贝尔，他年轻时曾在世界最古老的大学摩洛哥卡拉维因清真寺游学，又在西班牙学习过占星术和卡巴拉秘术，后来成为罗马教宗，即西尔维斯特二世。

以上史实说明，到了吉尔的时代，炼金术早已打好流行的地基。如果举例当时最权威的炼金术书籍，例如巴西尔·瓦伦丁（Basilius Valentinus）的《炼金启示录》《十二把钥匙》《锑的凯旋战车》，拉蒙·卢尔的《秘匙》《新圣典》，维拉诺瓦的阿纳尔德的《炼金术之镜》《哲学家的玫瑰花园》《绽放之书》，罗杰尔·培根的《秘镜》《炼金术精髓》，雷维索的贝纳尔多（Bernardo de Treviso）的《泉之寓意》《金属自然哲学》，萨洛蒙·特里莫桑（Salomon Trismosin）的《金羊毛》等等，不胜枚举。吉尔很可能拥有这些贵重典籍的手抄本，就算没有，至少也应该有所耳闻。当时人们相信，只要有哲人石，就可以把铅和水银等贱金属变成黄金。

所谓"哲人石"，也叫"灵药"（elixir），或"第五元素"，无论哪本炼金术书籍中都一定会提到。尽管如此，制造哲人石所需物质的数量比例、将混合物放入"哲学蛋"内加热的温度等，却都是私家严守的秘方。也就是说，要合成提炼最灵验的点金妙药是极其困难的事。

阿拉伯人卡利德（Calid）在《三词之书》（*Liber Trium Verborum*）中说，哲人石是纯粹元素，闪烁着赤橙黄绿白等一切颜色。

据说，14世纪末有个炼金师用哲人石成功催化了金属变化，他就是在巴黎代人抄写书籍的尼古拉·弗拉梅尔。

他与他忠诚的妻子佩尔内勒（Pernelle）一起，经过长达二十四年的研究，终于破解了传说中的神秘文献《犹太亚伯拉罕之书》(*The Book of Abramelin*)。据传，他在临死之前，在巴黎屠宰场圣雅克教堂门上刻下了哲人石配方，令炼金术士们蜂拥而至，争相研读那些难以识别的秘密文字。想必吉尔也一定读过这位风靡一时的大炼金师的手记，并为此激动万分吧。

此外，还有14世纪最富盛名的炼金术大家拉蒙·卢尔，他著称"幻想博士"(Doctor Illuminatus)，同时还是著名的殉教者。拉蒙在《新圣典》中详细描述过怎样将"一粒扁豆大小的水银"精炼成哲人石。水银在当时是最被炼金师看重的原料，甚至催生出了意为"水银学"的新词汇。吉尔的审判记录里，也记载了一个名叫隆巴蒂的术士做过固定水银的实验。

偏居亚维农的教宗约翰二十二世，因是最早迫害魔法师和炼金师的人，而在史上留下恶名。他在年轻时，似乎也曾热衷于水银学研究。在16世纪出版的《变化术》一书中，我们可以看到，他自豪地描述了一个用定量的水银提炼无限量黄金的配方。正是这位教宗，又在1317年发表了对汞学和炼金哲学的断罪诏书。啊，中世纪真是一个变化多端的奇妙时代。

中世纪的炼金师们，绝大多数是有学识教养的圣职者。有证据证明，各地修道院都曾罔顾教会再三颁布的禁令而进行过炼金实验。这是因为当时除去圣职者，能阅读拉丁文典籍的人寥寥无几。大家可以回想一下，莎士比亚《罗密欧与朱丽叶》中出现过的劳伦斯神父，他把一种秘药送给了朱丽叶；雨果的《巴黎圣母院》里有因迷恋吉卜赛女郎而自杀的弗罗洛神父[①]，他们既是恪守信仰的修道士，也是在孤独的实验室里凝视烧瓶探求结果的哲人。当然，在炼金术这一门里，既然有心怀哲学精神认真探索物质奥秘的学者型术士，那么理所当然，也会有只想从财主那儿骗点钱的专业骗子。众多骗子的横行，也就导致了后来但丁和彼特拉克（Francesco Petrarca）等态度激烈的炼金术反对者的出现。

到了吉尔的时代，约翰二十二世的诏书已渐失效，但国王查理五世在1380年颁布的炼金术禁令依然有效。所以，就算吉尔身在远离巴黎的乡下，他肆无忌惮的行动，依旧风险十足。

教会原本反对炼金术等异端学问，但实际上，很多下层神学者简直就像黑巫师，相信五芒星、降魔术和咒语等妖术。这种背景下，也涌现出很多拥护教会立场的学者，他们接连不断地发表了一系列否定炼金术的文章，比如罗马尼亚的方济各会宗教审判所法官赞吉尼·乌格里尼（Zanchini Ugolini）的《异端论》（1330），尼古拉·埃梅里克（Nicholas Eymerich）的《宗教裁判所法官规则》（1369），布拉格大学神学教授尼古拉·马格尼（Nicholas

---

[①] 原文如此，在雨果原著中，弗罗洛神父实为摔死。

Magni）的《论迷信》（1405），以及多明我会修道士约翰内斯·尼德（Johannes Nider）的《蚂蚁的对话》（1431）。

在这种时代气氛里，吉尔仍在一心一意搜寻炼金术士，想必他的野心里，一定萌生出了一种恶魔主义所特有的、冒犯禁令的快感。他花费巨资，让心腹手下行遍欧洲，寻找有名望的炼金师，想把他们一个不剩地全部召集到蒂福日城里。这是多么可怕的执念。

当时的巴黎是神秘学研究重地，德国和意大利也有各具特色的秘术传统。在蒂福日城做研究的术士里，有一个最才华出众又可怖的魔道高人，他就是吉尔的心腹布朗谢从意大利佛罗伦萨带回的英俊破戒修士弗朗索瓦·普雷拉蒂。

当时，意大利引领着西欧文化潮流，就连神秘学领域，也有罗马文化长期滋养出的正统派。从占星学中分裂而出的星辰医学，在罗马宫廷里尤其盛行。意大利术士们在各国的渴求邀请下，分赴欧洲各地，长期驻留行医，一些术士为了寻找失落已久的远古秘笈，甚至远赴阿拉伯世界。比如，著名的皮埃特罗·德·阿巴诺，前往拜占庭研究希腊医学，或是威尼斯大学医学教授托马索·达·皮扎诺（Tommaso da Pizzano），被延请去做法王查理五世的御医。

吉尔开始热衷炼金术时，1406年出生于帕多瓦（Padova）的特雷维索的贝纳尔多伯爵，正在欧洲各地寻找哲人石。据说贝纳尔多耗尽所有私财，使用海盐、蛋壳、硫化铁和水银做过多次实验后，终于在1483年发现了哲人石。遗憾的是，他在同年病故了。

话说，吉尔身边以炼金术士自居又颇有口碑的人，除了普雷拉蒂，还有从普瓦捷来的让·德·拉·里维埃（Jean de la Rivière）。

一个夜晚，里维埃说要给众人演示黑魔法，便和吉尔、布朗谢以及两名侍从，一起走到蒂福日城附近的森林。里维埃让四人在森林边上等候，独自一人走进了森林深处。正当主仆几人心惊胆战地凝视着林中黑暗时，突然，森林中传来刀剑相击的幻听之声。

主仆们迟疑着慢慢摸进黑暗树林，只见里维埃一脸苍白神色惊惧地软瘫在地上，众人问他详细，里维埃曰，撒旦化身成一只巨豹猛扑过来，他只好拔剑与之搏斗。可他的话破绽百出，他还声称，巨豹对他不屑一顾，径直跑向了森林深处。布朗谢觉得可疑，逼问之下，才知道他只是假模假样地用长剑拍打了几下树干，做戏而已。据说，这个坑蒙拐骗的术士自感风头不妙，第二天领了一笔钱后马上溜之大吉了。

岂止里维埃，此类骗子简直举不胜举。要知道，当时听说吉尔出手豪爽，全法国南部的骗子、女巫和妖术师们皆闻风而动，纷纷涌入蒂福日城。吉尔倒是大方款待了骗子们，认真倾听他们吹嘘炼金秘法和降魔术，但架不住骗子实在太多，最后终于对魔法师的真实能力心生怀疑。

正在这个时候，来了一个降魔高人（记录上未写姓名），给吉尔演示了一个恐怖实验。吉尔在震惊之下，开始深信世上真的有魔鬼。

实验是在蒂福日城中一角进行的,观看者只有吉尔和他的一个心腹。心腹小心翼翼地站在窗边,手拿圣母像,严阵以待,一旦苗头不对,他马上能跳窗逃走。降魔高人在地上画了一个巨大降魔圈,命令吉尔进来。心腹胆小不敢进,于是吉尔一个人走进圈中。

渐渐地,吉尔开始窒息晕眩,感到奇妙恐惧感袭身,他马上在胸前划下十字,不小心高声咏出圣母之名。这下子惹怒了降魔师,把吉尔赶出了降魔圈。吉尔手脚不听使唤地逃出门外,心腹则翻窗逃走。逃出屋外的二人,听到屋里魔鬼猛袭高人的恐怖声音,吓得面面相觑。

好容易等到屋中安静下来,两人壮起胆子,进屋窥看,只见降魔高人被打倒在地,额头肿起大包,满身血迹,气若游丝。经过几日殷勤看护,高人才恢复过来。据说,这个魔法师身体才刚刚好一点,就立刻逃离了城堡。

当然,这个无名的高人是否真的召唤来了恶灵,我们不得而知。然而,降魔术过程中,人千万不能出圈,否则非常危险——据说这是降魔常识。这人连常识都不懂,说不定还是个大骗子。

文艺复兴时期的著名术士特里特米乌斯,曾给神圣罗马皇帝马克西米利安一世演示过降魔术,皇帝看到亡妻勃艮第的玛丽(Marie de Bourgougne)的魂灵后,不由自主逃出降魔圈,险些被天雷劈死。

话说,众多骗子之后,最终出现在吉尔男爵面前、将男爵的灵魂彻底拖入罪恶和渎神深渊的，就是前面提到的，来自佛罗伦萨的术士弗朗索瓦·普雷拉蒂。唯有恶名昭彰的普雷拉蒂，才令吉尔深深倾倒，他与前面那些骗子不可同日而语。

根据审判记录，普雷拉蒂于1440年出生于佛罗伦萨附近的皮斯托亚（Pistoia），他自愿成为圣职者，皈依阿雷佐的主教门下，不久后又成为佛罗伦萨医生丰塔内莱的乔万尼的弟子，兼学魔法和炼金术。他经常和师傅一起施术召唤魔鬼，据说魔鬼化身有时是二十只乌鸦，有时是英俊青年。他师傅丰塔内莱经常把母鸡、鸽子和雉鸡当作祭品献给魔鬼。

吉尔的心腹布朗谢在意大利旅行途中，发现了这位才华出众的魔法师，顺顺当当地，把法师带回了蒂福日城。吉尔对这位年仅二十四岁的美貌英才一见倾心，审判记录里多次出现吉尔对他的评价："弗朗索瓦非常聪慧，拉丁语流利，工作也勤谨认真。"

好一个"工作也勤谨认真"！然而，正是这个男人，纠缠着吉尔，要求在不可告人的地狱仪式上用活人当供物。正是他，撩拨起了吉尔心中压抑已久的邪欲，将原本只是淫乱变态封建诸侯的吉尔，打造成了怙恶不悛的渎神者，引领着男爵走入疯狂境地。

如果普雷拉蒂没有出现，也许吉尔终其一生也不过是一个平凡的中世纪浪荡贵族，不会在历史上留下难以消弭的"蓝胡子"的恶名。

话虽如此，吉尔的荣光也因"蓝胡子"的传说而永世流传。关于这个悖论，第二次世界大战期间死于集中营的超现实主义诗人罗贝尔·德斯诺斯（Robert Desnos）说过这样的话："时至今日，有人想为吉尔·德·莱斯脱罪，这种徒劳之举令人困惑。吉尔只有与我们的时代相关，才能引发我们的兴趣。一个男人死了，关于他的记忆却还活着，于是他有了与生者同样的资格，每日发生着变化，不对，应该说是生者迫使他变化。无论后世的神话作者和律师如何辩护，吉尔·德·莱斯终究是一个自己走向断头台的狡猾杀人犯罢了。"

地狱谱

图五十　所罗门的象征　选自埃利法斯·莱维的著作

过去人们相信，魔鬼这东西能随时随地现身，其外观千变万化，人再小心也提防不住。15 世纪虽正值中世纪结束，但人们仍过着胆战心惊的日子，害怕魔鬼突然以恐怖的样子现身。人们相信无论在泥土、火焰，还是空气里，都栖息着精灵或恶鬼，千万不能招惹，最贤明的办法就是与其和平共处。

当时，没有人怀疑魔鬼是否真实存在，又是否真的魔法通天，而古代到中世纪的神学者们，则在无休止地讨论魔鬼究竟是谁变的，因为什么开始诱惑凡人。不用说，如此繁冗的讨论，其实和民众信仰没什么关系。

《启示录》中写道:"在天上就有了争战。米迦勒同他的使者与龙争战。龙也同它的使者去争战,并没有得胜,天上再没有它们的地方。大龙就是那古蛇,名叫魔鬼,又叫撒但,是迷惑普天下的。它被摔在地上,它的使者也一同被摔下去。"(12:7-9)依据启示录作者圣约翰的说法,恶魔是巨大的古蛇,原来栖息在天上,被天使击败后才落到了地上。

照这么说,魔鬼摔到地上后又怎样了呢?关于这一点有很多见解。比如,圣保罗主张魔鬼继续栖息在天与地之间的大气圈里,成了"空气之王"。这种说法与魔王路西法原是"光明天使",居天使位阶的最高位,因为傲慢而被贬落到地上的主张类似。《路加福音》中有"我曾看见撒但从天上坠落,像闪电一样"(10:18)。如果大家看过《哥林多后书》中的一段,"这也不足为怪,因为连撒但也装作光明的天使。所以,他的差役若装作仁义的差役,也不算稀奇"(11:14-15),便会发现,撒但的天使名字便是路西法,两者为同一。

但别的看法认为,魔鬼是地狱之王,为了诱惑亚当和耶稣,曾两次出现在地上。这种说法和前面《启示录》的蛇说一致。《彼得后书》写道:"就是天使犯了罪,神也没有宽容,曾把他们丢在地狱,交在黑暗坑中,等候审判。"(2:4)

圣彼得还把魔鬼比喻成狮子。《彼得前书》中写道:"务要谨守、警醒,因为你们的仇敌魔鬼如同吼叫的狮子,遍地游行，寻找可吞吃的人。"(5:8) 就这样，魔鬼的可怖之处被夸大强调，煽起了修道士们心中的畏惧。若想抵御魔鬼诱惑，只有恪守信仰——圣彼得这个论法逻辑，实在近似教条主义的凶狠胁迫。

话虽如此，在基督教理论里，魔鬼并不具备对抗神的能力，这一点与祆教和摩尼教中的魔鬼概念大为不同。就像德尔图良（Tertullianus）所说，撒旦是"模仿神的猴子"，无论如何用力，连全能之神的小手指都够不到，因此只能暗下黑手去欺负凡人，以得满足。而神为了考验教徒，有时甚至会借用魔鬼之力。也就是说，魔鬼行径是神默许的。

这样一来，事情就变得有趣了。既然魔鬼是在给神帮忙，那么怀疑魔鬼的存在，就等于怀疑神的存在，这是多么重大的谬误！实际上，圣托马斯在《神学大全》中明确说过：天主教承认魔鬼存在，承认魔鬼行为祸及人间。

圣托马斯之外，众多预言者、神学家和著名魔法博士也在话中流露过对魔鬼存在的承认。这样我们就明白了，为什么中世纪大圣堂的雕刻和彩色花窗上，有那么多丑恶离奇的魔鬼形象。其实最初的魔鬼形象并没有那么丑陋，在拜占庭壁画上，魔鬼作为失坠的"光明天使"，仍被刻画得十分伟岸。其形象之所以变得越来越丑恶，想必，是教会认为只有丑恶才能吓倒教众。

文艺复兴时期，恶魔形态学和分类学研究十分热门。在此之前的中世纪，教宗格列高利一世、圣伯纳铎（Bernardus Claraevallensis）、大阿尔伯特、邓斯·司各脱（Johannes Duns Scotus）、海斯特巴赫的凯撒琉斯（Caesarius of Heisterbach）（《奇迹对话》）等人也都做过相关论述。如果例举文艺复兴初期的名著，则有意大利人劳伦佐·阿纳尼亚（Giovanni Lorenzo Anania）的《论魔鬼的性质》（威尼斯，1589），比利时人约翰·威尔的《魔鬼的眩惑》（巴塞尔，1568）、德国人约翰·申克（Johann Schenck）的《奇病观察》（法兰克福，1584），以及让·博丹的《魔法师的魔凭狂》（巴黎，1580）等等。

还有人自称见过魔鬼。据说这位住在欧赛尔（Auxerre）小城的修道士拉乌尔·格拉贝（Raoul Glaber），在床脚处看到了魔鬼，那怪物似乎有着"摇晃弯曲的长脖子，瘦脸，眼睛漆黑，狭窄额头上长满皱纹，塌鼻子，双耳竖起，一口狗牙"。看来魔鬼自从被驱逐出天国，便日暮途穷，变成了落魄怪物。

圣哲罗姆的观点是，撒旦自天上被逐出时，带走了三分之一的天使部下，所以地狱里聚集着众多魔鬼，有完备的位阶制度和军队。约翰·威尔在那本有名的魔法书、1522年出版于亚维农的《红龙》中，便详细分析了魔鬼的位阶制度。（见《雅各布斯的猪》一章）

据说，魔鬼军队总是在严阵以待，妄图诱惑凡人走向罪恶邪途，只要魔王下令，它们可以出现在世界任何地方。希腊哲学家第欧根尼·拉尔修（Diogenes Laërtius，3世纪人）认为，世上一切地方都栖息着精灵或魔鬼，人绝对无处可逃。据说魔鬼变化多端，能变成动物、空气、怨灵、梦魇和魅魔，能令凡人怀孕生子。巫术审判官亨利·博盖在《论巫师》中写到，魔鬼甚至能"用空气制造出肉体"。

拜占庭的哲学家普塞洛斯（Michael Psellus）、耶稣会的魔鬼学者德尔里奥和炼金术士特里特米乌斯意见一致，他们认为，根据栖息地的不同，魔鬼分属火、空气、水、土、地下和黑暗六种。出现在巫魔会上的魔鬼，即黑暗之魔路西弗吉·罗弗寇（Lucifuge Rofocale）。路西法在拉丁语中意为"发光"，而路西弗吉，则是"逃避光亮"的意思。

总之，魔鬼通过和凡人签订灵魂契约，赋予人可怕的特权，所以我们的主人公吉尔·德·莱斯男爵，一定也在魔鬼的诱惑前败下阵来，人尚在世，就已轻率地将灵魂卖给了地狱魔王。

前面已经说过，意大利人普雷拉蒂在去蒂福日城之前，曾和佛罗伦萨的降魔术士一起施展过降魔之术，所以当他拜访吉尔时，必然也随身携带着魔法书。那是本用黑色皮革装帧的羊皮纸书物，记载着各种魔法仪式和秘方。15世纪时，几乎没有人能看懂魔法书上的神秘记号。不要说其他人，就连吉尔，也从未怀疑过这个年轻的异国魔法师的能力。事实上，普雷拉蒂正如让·博丹下的定义，是"一个巫师，在魔鬼的斡旋下为达到目标而不懈努力"。

1438年末的一个夜晚，吉尔和普雷拉蒂带着蜡烛，在蒂福日城楼下的一个房间里闭门不出，他们用剑尖在地上画了大魔法圈,刻写下魔法文字,在陶罐中燃起炭火,放入磁铁粉末、香料、没药和芦荟草籽,浓烟从罐中升起。他们在浓烟中咏唱了两小时召魔咒语,但魔鬼始终没有现身。

普雷拉蒂认为,只要魔鬼现身,就会告诉他们何处有宝藏,教他们如何炼金。当时吉尔刚刚卖掉尚多赛领地,财政困境中的男爵面对魔法失败没有气馁,普雷拉蒂的确信之言更让他热情高涨。

普雷拉蒂念的咒语大概是:"以圣父圣子圣灵和圣母玛利亚之名,恳请巴隆、撒但、比列、别西卜现身!与我等对话,倾听我等的愿望吧!"巴隆是和普雷拉蒂交好的恶魔,想必是因为吉尔·德·莱斯也是男爵(Baron,与"巴隆"音同),名字相同,容易召唤。

普朗西的《地狱辞典》以19世纪最浩瀚的魔法书而著称,让我们顺便从中找一找这四个魔鬼的名字。

首先,巴隆的条目下清楚地写着,"德·莱斯元帅用活人供奉的群魔中的一个"。

比列的解释很长,概括说来,即"西顿人(Sidonians)崇

图五十一　降魔圈。(施术的二人站在圈内的三角里,魔鬼从圈外的三角中现身)

拜的魔鬼。地狱中最放荡形骸、最猥亵的一个，为了恶行而行恶。灵魂丑陋不堪，但外表俊美，气质优雅而威严。在所多玛城也受崇拜，但没有被列在祭坛上"。

别西卜的解释最长："在《圣经》上是恶魔王子。据弥尔顿，它是仅次于撒但的掌权者。众多恶魔学者认为，它是地狱王国的最高首领。别西卜三字，意为'苍蝇王'。它是最受迦南人崇拜的魔神，常被表意为苍蝇符号。它能预言未来，以色列王亚哈谢（Ahaziah）生病时，曾向它求过预言。它出现浮士德面前时，长着吓人的耳朵，毛发五颜六色，龙尾牛身。而吉尔男爵见到的别西卜，则化身为豹，口喷怒焰，叫声如狼。"

最后的撒但，"雷金纳德·斯科特（Reginald Scot）认为它是第一或第三等魔鬼，而在一般看法里，撒但是魔鬼之首、地狱之王。天使反叛神时，撒但是天国北部的统帅，充当了叛军首领，堪称革命家。在希伯来语里，撒但意为敌对。弥尔顿笔下的撒但身高如塔，有四万英尺。无论聚众如何祈祷，也绝不会在巫魔会上现身"。

以上是普朗西《地狱辞典》的个别条目的一些粗略介绍。吉尔男爵的名字在词典中随处可见，由此可知，吉尔在恶魔学历史上，扮演了最初和最重要的角色。

就这样，吉尔和普雷拉蒂夜夜祷告魔鬼，最初，他们献上了公鸡、鸽子和雉鸡等小动物作为供物。据说他们在实验途中，还遗失了一块名为迪亚多克斯的奇石，因而不得不中止了实验。博萨尔神父认为这种名字奇异的石头，是绿宝石中的一种，即绿柱石。吉尔在蒂福日城中做了多次实验，但都没看到结果，无论男爵如何痛切请愿，魔鬼巴隆始终没有现身。

于是，普雷拉蒂改变了手法。他向吉尔进言，为讨魔鬼欢心，应该用正式的手续与地狱签订契约。地狱契约在15世纪十分盛行，吉尔在见到普雷拉蒂之前，已经两度在契约书上署过姓名，两度都上当受骗。按理说，事不过三，但吉尔对普雷拉蒂极其信赖，于是亲手签下第三份契约书。他向魔鬼巴隆宣誓忠诚，愿意把生命和灵魂以外的一切献给魔鬼。

一旦契约成立，之后的事便一泻千里，他在令人目眩的施虐旋梯上一路跌落，从此身陷暗黑深渊无法自拔。恶魔主义只有一条堕落之路可走，别无其他选择。

事已至此，就连于斯曼那样的优秀传记作者，也在书中写道，"吉尔并不害怕犯下杀人之罪，但是他坚决不愿意抛弃灵魂，不愿把生命转让给魔王"。天主教徒真是顽固不化。事实上，只要与魔鬼签约，必然默认放弃信仰。也就是说，吉尔已经变成了异端。

约翰二十二世于1326年颁布的诏书上明确写道，"与亡者和地狱签约之人，向魔鬼供奉牺牲之人，回答魔鬼提问、借助魔鬼力量满足自己邪欲之人"，都必须被检举控告。

吉尔虽签订了地狱契约，却始终没能见到魔鬼。据说普雷拉蒂独自做法时，魔鬼巴隆倒是现身了几次。虽说空口无凭，但据他说，魔鬼总是以年约二十五岁的美貌青年之姿出现。有一次，魔鬼带来了奇妙的黑色粉末，忠告若想发财，用银质容器装好粉末随身携带便可。当时吉尔正在布尔日（Bourges）旅行，普雷拉蒂便立即令仆人把粉末送过去。真是兴师动众，大费周折。

这种随身携带的召唤幸运的物品，在魔法用语里称为护符（amulet）。老底嘉（Laodicea）宗教会议的决议文书中有一项——祭司等圣职者不可成为术士、数学者或占星学者，亦不可制作护符；持有护符之人，须逐出教会。如此看来，修道士普雷拉蒂根本没把教会禁律放在眼里。

据说还有一次，魔鬼巴隆出现在蒂福日城中大厅里，向普雷拉蒂展示了大量金光闪闪的金块。魔鬼严格要求普雷拉蒂，不到时间不能碰金子，普雷拉蒂慌忙叫来男爵，两人走进大厅时，普雷拉蒂忽然看见一条绿色大蛇，蛇身粗得像狗，不由得惊慌大叫，吉尔吓得逃出了大厅。待吉尔拿着十字架返回，试着用手摸了金块——哪里有金子，根本就是落在地上的垃圾在闪着金光。

这么写的话，普雷拉蒂很像一个狡猾骗子，但话不能说绝。且不用举例《圣经·旧约》里的先知但以理，众人都看不见，唯有一人看得清晰的情况完全有可能发生。有事例证明，自古以来的神秘学者们，勿论魔法黑白，很多人在超自然能力下看到过幻觉。比如，吓住了康德的北欧神秘思想家斯威登堡（Emanuel Swedenborg），就是最显著的例子。由此，普雷拉蒂真的没有看到绿色大蛇吗？这事谁也不能断言。

从医学角度看，这些幻觉现象也许可以解释成神经衰弱、谵妄症，或寄生虫的影响，但依旧有很多偶然巧合无法解释，把这部分留给神秘，可能更明智一些。至少，在《黑魔法手帖》这本书中，我想收起那种超越了科学界限的似是而非的合理主义态度。

从动物供物转换成人牲献祭，这是恶魔礼拜的公式。事情的最初，可能是吉尔听从了普雷拉蒂，将一个孩子的手、眼和心脏，供奉给了地狱魔王。第一次纯粹为了恶魔礼拜，很久之后，才又加入了嗜血性癖的成分。

将幼儿献祭给魔神，这在古代东方秘仪宗教中有很多例证。直到中世纪，据传，一个叫作"圣殿骑士团"的异端神秘组织在仪式上，其成员也会把自己的新生儿献祭给雌雄同体神巴弗灭。吉尔和这些起源于古代的秘密宗教的祭司一样，不知不觉间，将宗教感情和肉体逸乐混同到了一起，当他有所察觉时，早已沉浸在令人不寒而栗的血腥大屠杀中无法自拔了。

吉尔究竟残害了多少儿童呢？他回答说不记得。根据审判记录，他从归隐蒂福日城到被处死的八年间，杀害了八百人甚至更多。换作使用近代手段的纳粹德国倒也罢了，可当时是15世纪上半叶，这个数字着实令人震惊。即使是罗马帝国的暴君、意大利的专制君主或蒙古大汗，也不会为了自己恶魔主义式的逸乐享受而做出如此大规模的杀戮。

但是，这个数字在后世有争议。历史学家米什莱认

图五十二 应召现身的魔鬼

为是一百四十人,神秘学专家约瑟夫·冯·格雷斯认为是一百五十人,朱尔·勒尼奥(Jules Regnault)博士认为二百人以上,至于于斯曼,曾说过八百数量之大匪夷所思。还有更极端的意见,历史学家萨洛蒙·雷纳克(Salomon Reinach)和埃尔南德斯博士(Ludovico Hernandez)断言吉尔的罪行是法庭杜撰,不过是妄想而已。虽然他们想为吉尔恢复名誉的动机可以理解,但这种主张未免过犹不及。

在布列塔尼公爵的命令下,一个名叫图舍龙德(Jean de Tocheronde)的警吏负责调查吉尔杀人案,在他的调查报告里,描述了很多凄惨的幼儿绑架事件。

在幼儿绑架事件里,一个名叫佩琳·马尔当(Perrine

Martin）的女人表现得尤其积极，这个年近六十的可怕老妇经常带着壮汉在附近田野游逛，搜寻猎物，看到漂亮男孩后便走过去，或者讲故事，或者用食物诱惑，将儿童诱入森林。埋伏在森林里的壮汉一拥而上，将孩子堵住嘴，紧缚住手足，塞进袋中，带回蒂福日城。

米什莱在书中描述，这个女人外号"白尾鹰"，经常用黑布遮住半张脸，百姓非常惧怕她。审判记录只描述了她身穿灰衣，戴着黑帽子。

八年间，无论是蒂福日附近的村庄，还是拉叙兹（La Suze），都再难觅男童身影，尚多赛城堡地下白骨累累。证人纪尧姆·伊莱雷（Guillaume Hilairet）讲述说，在尚多赛城中发现了装着儿童尸骨的大缸。

"我至今常常漫步于旷野"，作家让·热内（Jean Genet）写道，"尤其是在从蒂福日城堡废墟的回程路上，时近落日，路边盛开的金雀花①在我心中激起深切的共鸣。我满怀怜爱无限感慨地凝望花朵，有时我甚至错觉，说不定我就是金雀花王，是金雀花中的精灵。金雀花是我在大自然里的徽章。通过这些花朵，我的根深植在这片被吉尔·德·莱斯用长矛串起杀戮烈火焚烧的幼儿和青年们的累累碎骨滋养过的法兰西大地上。"（《小偷日记》）

---

① 法语为 Genet，即热内。

幼儿杀戮者

图五十三 异端审判所里的严刑拷打

据说,恶魔礼拜和性虐或男色之间,有丝丝缕缕的联系,一刀难断。当然,像17世纪著名妖术师戈弗里迪(Louis Gaufridy)或于尔班·格朗迪耶,他们因为诱惑纯真修女而死于火刑,这种普通性欲者还是大多数。但魔鬼凭依状态和性错乱之间,似乎有着本质上的共通之处。比如,法国魔凭精神病学权威雅克·莱尔米特(Jacques Jean Lhermitte),就做过以下证言:

"如果从心理学角度分析,被魔鬼凭依的患者的性错乱状态,绝大多数,体现在欲望的衰弱或变态倒错上。其中最恐怖的是同性恋的倾向。"

当然莱尔米特教授的观察对象是现代人,莫非在20世纪核时代里,法国依旧有众多被魔鬼凭依的人?可见,或许人精神上的疾病,凭文明和技术进步也无法完全驱除。

在历史中翻查鸡奸(sodomy,包括男色和兽奸)与魔法的关系,首先我们会在圣经中遇到很多富有暗示性的文章。还有因放荡形骸而神智错乱导致早殇的古代的中近东专制君主们。想想日本,德川幕府时也有肾虚将军。不仅如此,这些人身边聚集了大批魔法术士和占卜者,在历史上留下了现代人难以想象的疯狂罪恶的记录。

《撒母耳记上》里有一段,以色列王扫罗心中莫名烦乱,他吩咐臣仆为他找一个交鬼的妇人,妇人为他招来士师撒母耳的幽灵,撒母耳一番话令扫罗猛然仆倒,挺身在地,甚是害怕。

因空中花园而广为人知的巴比伦王国尼布甲尼撒二世,因为沉溺魔道而出现了动物凭依妄想症,想象自己变成了一头牛,嘴里发出牛叫声,手脚着地爬到田野上吃草。《但以理书》中有记载:"有声音从天上降下,说:'尼布甲尼撒王啊,有话对你说:你的国位离开你了!你必被赶出离开世人,与野地的兽同居,吃草如牛……'当时这话就应验在尼布甲尼撒的身上,他被赶出离开世人,吃草如牛,身被天露滴湿,头发长长好像鹰毛,指甲长长如同鸟爪。"(4:31-33)这位国王最后在田野上发疯而死,真是个令人颤栗的故事。类似现象还有日本的狐魅附体,在狼群出没的欧洲农村,则蔓延过变狼狂(lycanthropy)的症状。

古代历史学家、西西里的狄奥多罗斯（Diodorus Siculus）在书中写到，以豪奢而闻名的最后的亚述王撒达纳帕鲁斯（Sardanapalus）"避人耳目过着女人一样的生活，在女人的房间里消磨时间，穿女人衣服，面敷白粉，全身涂抹娼妓的香妆，不仅如此，他还憋细嗓音发出女人的声音，与男女一起沉溺在荒诞可耻的肉体快乐里"。

苏维托尼乌斯的《罗马十二帝王传》里，更是详细记载了历代罗马皇帝如何热衷男色和魔法。哲学家如西塞罗写下《论占卜》，意图否定魔法邪术，却也无力抵抗当时势不可挡的魔法风潮。

古罗马盛行一种肠占卜，即割开动物的肚子，研究其内脏形状来判断凶吉。皇帝提比略对此持怀疑态度，他一边下令严禁肠占卜术，虐杀了大批魔法术士，同时又偷偷将一位名叫特剌西路斯（Trasilus）的著名预言者招入宫廷，一起研究召唤恶灵的咒语。

更有名的是尼禄皇帝，他在占星学者巴尔比路斯（Balbillus）的指点下，接连处死了众多魔法术士。

尼禄皇帝同时还是异装癖和同性恋。据传，他

图五十四　扫罗和撒母耳的幽灵

曾扮成女人和一个名叫提革利努斯（Tigellinus）的男人举行了婚礼，又穿着男装迎娶了美貌少年斯波鲁斯（Sporus）。在萨德侯爵的小说里，出现过一个同样癖好的男人努瓦尔瑟（Noirceuil）。

哈德良大帝为溺死的美少年安提诺乌斯（Antinous）修筑了神殿，建起一座新城。这位如同日本室町时代的幕府将军般多愁善感的罗马皇帝，也十分热衷魔法和占卜术。至于身居帝位却兼任太阳神祭司的埃拉伽巴路斯（Heliogabalus），更是在做出政治决策之前，一定要和叙利亚出身的术士先做一番商量。埃拉伽巴路斯的倒错性癖和荒淫无度，堪与中世纪的吉尔男爵相提并论，他杀害了大批儿童献祭给太阳神巴力，还扮成女人"嫁"给了奴隶希罗克勒斯（Hierocles）和战车角斗士左提克斯（Zoticus）。

到了中世纪，巫术被社会广泛关注，而鸡奸罪行似乎也在教会严格压制下，销声匿迹了。但事实绝非如此，从封建大诸侯到罗马教宗，他们依旧沉溺在这种亘古未变的行为里。以"卡诺莎之辱"而闻名的德皇海因里希四世，被教会告发犯有通奸、强奸和违背人伦之罪。而别名"美男子腓力"的法兰西国王腓力四世则情况相反，他的法律顾问将矛头对准了教宗卜尼法斯八世，谴责教宗是沉溺于男色的魔道术士。他们双方的告发和谴责都有理有据。

有些人认为，是十字军东征导致了男色在欧洲的盛行，因为十字军骑士们害怕在途中沾花惹草而感染麻风病或丹毒，无奈之下只好在同伴身上发泄欲望。

西班牙的托雷多城在中世纪时是魔法学一大圣地，以至于说到"托雷多学"，便知是指魔法。这座以格列柯（El Greco）的绘画而闻名的阴郁小城，尤其盛行一种召唤死人魂魄的招魂术。与托雷多同名的，还有法国的西南一带，摩尼教，基督教异端中的波格米勒派（Bogomil）、阿尔比派和卡特里派等在这里急速扩展。尤其是卡特里派，他们认为妊娠是魔鬼作祟，所以默许不会导致怀孕的男性同性性行为。

14世纪盛行一时的圣殿骑士团，也举行一种奇怪的入会仪式，新加入的成员如同置身于巫魔会，要去亲吻前辈骑士的臀部和下体。虽说这种仪式未必一定具有放荡的性意味，反而是一种高度精神境界的体现，但这一点仍给反感圣殿骑士团的人留下了非难的好把柄。

文艺复兴时期留下了很多黑弥撒的例子，可以说，黑弥撒正是恶魔礼拜和性错乱结合一体的最典型的事例。前面已经讲过凯瑟琳·德·美第奇，至于其他著名人物，还有在巴黎郊外的文森城堡（Vincennes）古塔里沉迷于妖术和降魔术的法兰西国王亨利三世。当时巴黎民众之间风传亨利三世用人牲祭祀，国王死后，据说在古塔里发现了鞣制过的幼童人皮和黑弥撒用的银器。

文艺复兴时期是无秩序和解放的时代，在道德上放荡不羁，同时又有高雅艺术修养的怪杰层出不穷。其中，能与凯撒·波吉亚（Cesare Borgia）并肩的恶人，要数意大利里米尼（Rimini）的专制君主西吉斯蒙多·马拉泰斯塔（Sigismondo Malatesta）。

历史学家布克哈特（Carl Jacob Burckhardt）在《意大利文艺复兴时期的文化》中写道："不仅是罗马的法庭，而且是历史的判决，就宣布他不是一次而是常常地犯凶杀、强奸、通奸、乱伦、亵渎神物，伪证和叛逆等罪。他违反天性地企图杀害他自己的儿子罗伯托，但因为他儿子拔刀反抗而遭到挫败，这一最使人毛骨悚然的罪行可能不仅是道德堕落的结果，而且或许也是对某种妖术和占星学迷信的结果。"[1]

自古以来暴君因为沉迷魔法邪道和男色而导致精神堕落做出伤天害理之事，以上种种事例已足够说明。如此看来，中世纪大贵族吉尔·德·莱斯并非前所未闻的孤例。正如莱尔米特教授所言，恶魔主义和性变态之间存在着必然联系。

只是，吉尔·德·莱斯和古代堕落君主不一样的地方，在于他不仅为了刺激性兴奋才嗜血，更将嗜血推进成为一种施虐情态，他追求的是能抗拒肉欲的想象力的无偿痴戏。从这一点上看，他可谓一种艺术家，尽管在现实中戕害了无数生命，却始终活在一个梦幻般的观念世界里。

蒂福日城堡重重厚墙里，回荡着令人毛骨悚然的笑声。那是施虐者心满意足后发出的癫狂之笑，是吸血鬼的笑声。

---

[1] 此处引自何新译本。

让人觉得，此时的吉尔·德·莱斯，就是恶魔撒旦。

对吉尔来说，死和痛苦是他最甘美的喜悦源泉，远胜过性高潮。他的侍从在法庭上作证，牺牲者在临死前做出最后的痛苦挣扎时，男爵会到近旁，舔舐一般贪婪地凝视牺牲者的表情。吉尔自己也自白说，拂拭血痕或寸断尸体之前，他会坐在其上，观赏那些痛苦的痕迹，对他来说，那是无以伦比的快乐。

从米什莱著名的《女巫》(*La Sorcière*)中节选一段：

"魔鬼信仰的可怕之处，在于渐渐破坏了心中的人性，将他变成非人，变成魔鬼。最初他不情愿地为魔鬼走上杀人之路，随之从中发现了快感，开始主动杀戮，他人的痛苦尚不足满足他，他在死亡中找到了享受。如此庄重的生命，在他眼中不过是解闷取乐之物，这是多么残酷恐怖的事情。牺牲者悲痛的嘶喊，濒死时的呻吟，他只当作耳福。牺牲者的痛苦表情只引爆了他的高笑。牺牲者的最后痉挛，只让他坐下来感受身下生命消逝时的微微颤动。"

米什莱简洁的文笔，切中了恶魔主义和施虐的秘密所在。

吉尔有个广为人知的爱好，他喜欢在大啖肉汁四溢口感淫靡的猎物兽肉时，配以混合着浓郁刺激的香料的烈酒。

那么，酒与恶魔礼拜和变态性癖有什么关系呢？我们来看看犯罪学家龙勃罗梭（Cesare Lombroso）的意见。"有一个名叫韦伯的性癖变态的女人，她在酒精作用下，通过扼紧小孩的脖子而感到了强烈的性快感，是酒精促使她犯罪，别无其他解释。"

那么，酒精是否也在吉尔·德·莱斯的事件里担当了重要角色？关于这一点，写过吉尔男爵主题医学论文的法国的贝尔内勒（Frédéric-Henri Bernelle）博士提出了一个大胆假设。博士认为，男爵酗酒来自家族遗传，其只是这一遗传的牺牲者。这个假设乍看不可靠，但我们可以联想一下，已有史料证明，15世纪的贵族大多沉迷酒精享受，在酒精中寻找快乐、狩猎和争战的刺激。如此看来，这个假设也并非一无是处。

顺带提一下文艺复兴时期颇负盛名的自然魔法大师巴蒂斯塔·德拉·波尔塔对酒精的看法，他在一篇名为《论令人疯狂的方法》的文章中写道（虽然文章标题甚至给人一种犯罪指南的感觉，但究其结论，不过是与近代医生的观点大同小异的常识性意见）："若想让人失去理智，用以下方法合成的酒十分灵验：将毒茄根放进煮沸的葡萄酒中，待到葡萄酒冒出大泡，倒入容器中盖好，在便于保存的地方放置三个月。需要时取出，让对方饮下。饮酒之人先会沉睡不醒，醒来后失去正常意识，整整一日，举止癫狂，然而再次熟睡后醒来，便正常如初，也不会不舒服，反而会觉得前一日欣快异常。"（《自然魔法》）

即使不谈家族遗传性的酗酒因素，单说普雷拉蒂这个来自毒药和春药大本营意大利的魔法术士，他真的没有在男爵的酒中放春药或刺激性药物吗？谁也无法断言。他放了大麻？白曼陀罗？颠茄？还是天仙子草？

无论是哪种，从病理学的倾向上看，吉尔深入骨髓的末期症状，远非几味草药轻易可致。他身上几乎能找到所有变态性癖，从这一点上看，萨德侯爵构筑出的那个幻想世界，他说不定就避世离居其中。

在于斯曼的文章里，有一句"有一天，吉尔的儿童储蓄见了底，终于将手伸向了孕妇，做出了割裂孕妇之腹，玩弄胎儿的极恶之事"。这种事情并非不可思议，古罗马的保民官波屯提阿努斯（Potentianus）在向地狱之神祈祷时，也做过同样的事情。日本古坟时代（3世纪到7世纪）武烈天皇的同样行为在《日本书纪》中亦有记载。

让·博丹的《魔凭狂》中，记载过洛桑教区有一个名为斯塔德兰（Stadlin）的人杀害了七个尚在母亲腹中的胎儿。德国波美拉尼亚的史家约阿希姆·冯·韦德尔（Joachim von Wedel）也曾在编年史中写到一个男人为了获取胎儿做魔法实验而杀害了二十四名孕妇，罪行暴露后于1581年9月16日被处以死刑。

吉尔男爵将那个萨德侯爵通过写小说就已得到满足的变态世界变成了现实。

总而言之，世界史上唯一一个将现世变成了**魔鬼乐园和黑暗罪恶的天堂**的天才犯罪者——这就是吉尔·德·莱斯。

吉尔男爵的被捕是一个迷。那样一个做事不计后果的元帅，就算没有能迎击国王军队围攻的军势，他也只是躲在城堡中，未作任何抵抗。于斯曼推测说：

"如果臆测他当时的心境，想必是他在长久放纵之后，健康受损，已变得孱弱无力。不知他是被渎神的邪恶快乐毒害了身体，还是在后悔之念的苛责下变得意气消沉了，抑或和其他众多杀人犯一样，厌倦了原先的生活而渴望受到刑罚，从而最终离弃了自己。这其中的究竟，无人能知。"

1440年10月22日，吉尔·德·莱斯在法庭上自白，从炼金术开始，到祭拜魔鬼，直至杀戮儿童，事无巨细，他承认了自己的全部大罪。

他开始讲述犯罪事实后没多久，挤得满满当当的旁听席上，就有女人们发出恐怖的尖叫后晕倒，据说，就连主教们也一脸惨淡青白。吉尔犯下如此罪恶，无怪听众如此反应。

而男爵本人，对周遭骚乱无动于衷，他像梦游一样放空眼神，凝视双手，仿佛此时鲜血正在手指间流淌。他汗流满身地继续自白，交待完毕后，猛地崩落跪倒在地，浑身颤抖着哀嚎："神啊，请发慈悲原谅我。"

就这样，这个将后半生献给魔鬼的绝代杀人犯，在人生的最后瞬间，又重新归位成为崇拜圣女贞德的神秘主义者，乞求着上帝的原谅，如愿以偿地走上了火刑台。

文库版后记

我在1960年代时曾十分迷恋恶魔学和神秘学，我先买到了1896年版朱尔·布瓦的《恶魔主义和魔法》，上有于斯曼作的序和亨利·德·马尔沃的插图，之后开始了相关文献的收集。此道魅力难挡，一旦陷入，很难自拔。于是我的书架上，皮革封面的古书越积越多。

这本《黑魔法手帖》原本是我初涉神秘学领域时的结果，现在再看，幼稚见解随处可见，言不达意，小错频出。如今市面上已有众多魔法和炼金术方面的书籍出版，现在就不要指望本书刚出版时的新鲜冲击力了。本书最初问世时，外盒、封面和书页三侧面一色纯黑，曾在读书界引起过相当关注，如今已不在人世的三岛由纪夫也曾赞赏本书充满"职业杀手般的纨绔主义（Dandyism）"。

《黑魔法手帖》从1960年8月到1961年10月，分十五次连载刊行在宝石社的推理小说杂志《宝石》上。

三岛赞赏的是1961年10月由桃源社出版的单行本。本书后来也收录在1970年2月出版的《涩泽龙彦集成》第一卷里。

我开始写这本书时，正是安保条约引发世间骚乱的时代，如今新出文库版，距离初版已过了二十年，我愿尊重我年轻时的不成熟，故而保留原文，不作修改，敬请读者谅解。

1983年10月

涩泽龙彦